# Siempre mía

## Anne McAllister

Bianca™

HARLEQUIN™

Editado por HARLEQUIN IBÉRICA, S.A.
Núñez de Balboa, 56
28001 Madrid

I.S.B.N.: 978-84-671-6827-3
Depósito legal: B-54241-2008
Editor responsable: Luis Pugni
Preimpresión y fotomecánica: M.T. Color & Diseño, S.L.
C/. Colquide, 6 portal 2 - 3º H. 28230 Las Rozas (Madrid)
Impresión y encuadernación: LITOGRAFÍA ROSÉS, S.A.
C/. Energía, 11. 08850 Gavá (Barcelona)
Fecha impresion para Argentina: 17.8.09
Distribuidor exclusivo para España: LOGISTA
Distribuidor para México: CODIPLYRSA
Distribuidores para Argentina: interior, BERTRAN, S.A.C. Vélez
Sársfield, 1950. Cap. Fed./ Buenos Aires y Gran Buenos Aires,
VACCARO SÁNCHEZ y Cía, S.A.
Distribuidor para Chile: DISTRIBUIDORA ALFA, S.A.

# Capítulo 1

LA SEÑORA Antonides está aquí.

PJ Antonides levantó la cabeza al oír la voz de Rosie, su secretaria. A continuación, apoyó los codos sobre la mesa y se llevó el dedo pulgar y el dedo índice al puente de la nariz para intentar controlar el dolor de cabeza que llevaba sobrevolando sobre él toda la tarde.

Había sido un día malísimo. Un día que parecía regido según la ley de Murphy. Sólo eran las dos de la tarde, pero, todo lo que podía haber salido mal, había salido mal.

Desde que hacía dos años se había hecho cargo de la empresa Antonides Marine cuando su hermano Elias había abandonado el barco literalmente, PJ estaba acostumbrado a tener días malos. Había aceptado el reto de hacerse cargo de la empresa sabiendo dónde se metía y estaba contento de haberlo hecho, pero había días... como aquél... en los que recordaba los años que había pasado en Hawái haciendo surf, aquellos años sin responsabilidades...

Normalmente, las cosas que salían mal solían equilibrarse porque también había cosas que salían bien. Sin embargo, aquel día no estaba desarrollándose así.

Aquella misma mañana le había llamado el proveedor de tela náutica con la que fabricaban las velas de windsurf para decirle que no iba a poder entregarle el pedido a tiempo. Una empresa de ordenadores japonesa que llevaba tiempo intentando localizar un envío perdido se había puesto en contacto con ellos para informar como si no hubiera pasado nada que el pedido en cuestión nunca había salido de Yokohama en realidad, y su padre lo había llamado para decirle que llegaba desde Atenas aquella noche con invitados que iban a pasar una semana en su casa.

–Ari y Sophia Cristopolous... y su hija Constantina, que está más guapa que nunca. Está soltera, es muy inteligente y está deseando conocerte. Espero que vengas a casa a pasar el fin de semana –le había dicho Aeolus.

Su padre siempre iba directamente al grano y nunca dejaba pasar la oportunidad de presentarle una mujer aunque su hijo le había dicho en muchas ocasiones que no lo hiciera.

PJ sintió que el sudor le resbalaba por la espalda. El aire acondicionado se había estropeado en todo el edificio y, aunque habían avisado a la empresa instaladora, los técnicos se habían ido a comer hacía dos horas y nadie los había vuelto a ver. Teniendo en cuenta que estaban en julio y que había mucha humedad ambiental, lo estaban pasando muy mal. Hasta el punto de que una de las empleadas se había tenido que ir a casa porque había enfermado. Para colmo, hacía una hora que el ordenador de PJ había decidido no mecanografiar la letra A y hacía media hora que había decidido apagarse por completo, así que PJ se había visto obligado a hacer sus cálculos con papel y bolígrafo.

Tal y como estaban las cosas, lo último que necesitaba en aquellos momentos era recibir una visita de su madre.

–Dile que estoy ocupado –le indicó a su secretaria–. Espera un momento. Mejor dile que estoy ocupado, pero que iré el viernes a cenar.

Acceder a cenar con Ari, Sophia y su preciosa hija era la única manera de que Helena Antonides no insistiera en verlo inmediatamente.

–No creo que el asunto sea la cena del viernes –comentó Rosie.

• –¿Cómo que no? Ya verás cómo sí. Mi madre siempre quiere que pasemos el fin de semana juntos –contestó PJ.

En sus treinta y dos años de vida, PJ no recordaba ni un solo fin de semana en el que Helena no hubiera exigido a sus hijos la presencia en el hogar paterno. Por eso, precisamente, él se había ido a Hawái en cuanto había cumplido dieciocho años.

–No es su madre.

–¿Ah, no? –se extrañó PJ–. Bueno entonces, será Tallie –recapacitó.

A PJ le encantaba ver a su cuñada. La esposa de Elias todavía era parte del consejo de administración de la empresa y era una mujer muy creativa que siempre tenía buenas ideas a pesar de que había cambiado las interminables jornadas de una ejecutiva por las interminables jornadas de una madre de gemelos.

PJ pensó que, tal vez, hubiera llevado a Nicholas

y Garrett. Tenían un año y medio y no paraban, pero le encantaba verlos.

–Tallie, Elias y los niños están en Santorini –le recordó Rosie.

Cierto. Lo había olvidado.

¿Sería su abuela entonces? Yiayia tenía noventa y tres años y, aunque estaba sana y fuerte, PJ no creía que fuera a acercarse a Brooklyn sin avisar.

–No me digas que es mi abuela –murmuró.

La última vez que se habían visto, Yiayia lo había puesto entre la espada y la pared.

–Te estás haciendo mayor –le había dicho cuando PJ había ido a casa de sus padres en Long Island.

–Mira quién fue a hablar –bromeó PJ.

–Yo a tu edad ya tenía hijos –había contestado su abuela–. Quiero más bisnietos.

–Pero si ya tienes cuatro –protestó PJ.

Aparte de los gemelos de Elias, tenía a Alex, hijo de Cristina, y a Edward, hijo de Martha. Además, Martha estaba embarazada de nuevo.

–Y estoy encantada con ellos, pero quiero verme rodeada de hijos tuyos, Petros.

PJ sabía perfectamente a lo que se refería.

–Olvídalo, Yiayia, es imposible.

Sin embargo, por cómo había apretado los labios, PJ comprendió que su abuela no había olvidado lo que le había contado hacía un año. En aquel momento, se había arrepentido de haber compartido su plan con ella.

–No, tampoco es su abuela –le dijo Rosie.

–Pues no conozco a ninguna otra señora Antonides –comentó PJ algo irritado.

–Qué interesante –comentó su secretaria–. Lo digo porque esta señora Antonides dice que es su mujer.

–¿Señora... Antonides?

Ally no reaccionó. Tenía la mirada fijada en la revista que tenía entre las manos y estaba intentando pensar en lo que iba a decir.

–Señora Antonides –repitió la voz de manera más firme.

Ally dio un respingo, se incorporó y se dio cuenta de que la secretaria le estaba hablando.

–Perdón. Estaba... –«rezando para que todo vaya bien»–. Me he distraído –se disculpó.

–El señor Antonides la recibirá inmediatamente –anunció la secretaria.

–Gracias –contestó Ally mojándose los labios y dejando la revista sobre la mesa.

A continuación, sonrió de manera digna y natural y se dirigió a la puerta. Al otro lado, le esperaba aquel hombre de metro ochenta con el que se había casado.

Ally tomó aire para calmarse, tragó saliva, cerró la puerta e intentó sonreír como si no pasara nada.

–Hola, PJ.

PJ parecía sorprendido de oír su nombre pronunciado por ella, pero, aun así, dio un paso al frente. Sin embargo, se paró y se metió las manos en los bolsillos de los pantalones.

–Hola, Al –la saludó llamándola con el diminutivo que siempre había utilizado.

–Alice –lo corrigió ella–. Ally, si lo prefieres.

PJ no contestó.

–Supongo que te sorprenderá verme aquí –comentó Ally.

PJ enarcó una ceja.

–Digamos que no estás entre las señoras Antonides que suelen venir por aquí –comentó con ironía.

Aunque, por una parte, Ally se moría de ganas por abrazarlo, sabía que no podía hacerlo. Jamás volverían a ser amigos.

–No debería haberlo hecho, no debería haber utilizado tu apellido –se apresuró a disculparse–. No lo suelo hacer.

–Menos mal –le espetó PJ.

–Lo he hecho sólo... porque... bueno, no sabía lo ocupado que estarías ahora que eres presidente y esas cosas. No sabía si me atenderías.

–No soy el Papa –contestó PJ–. No necesitas pedir audiencia.

–Ya, pero eso yo no lo sabía –contestó Ally poniéndose a la defensiva–. Esto de ahora no tiene nada que ver con el PJ Antonides que yo recordaba –añadió observando el elegante despacho de muebles de teca desde el que se veía todo Manhattan.

Era cierto que no era el Vaticano, pero tampoco era el minúsculo apartamento situado sobre el garaje de la señora Chang.

PJ se encogió de hombros.

–Han pasado muchos años y las cosas han cambiado. Tú también has cambiado. Ahora tienes un nombre propio, ¿no?

Ally percibió que se lo decía de manera desafiante y tuvo que apretar las mandíbulas para controlarse.

—Sí —contestó.

—Muy bien —contestó PJ con frialdad—. Yo también he cambiado —añadió.

—Sí, ahora llevas corbata.

—Sí, tengo muchas.

—Y traje.

—Sí, también tengo unos cuantos trajes.

—Así que las cosas te han ido bien.

—Siempre me fueron bien, Al —contestó acercándose a ella—. Incluso cuando era surfero.

El Peter Antonides que Ally había conocido era un chico que no tenía prisa por hacer nada y al que le daba igual el dinero, un chico que lo único que quería hacer en la vida era vivir en la playa haciendo lo que le gustaba.

—Sí, es cierto. De hecho, me sorprende mucho que hayas dejado el surf y la playa. Era lo que te gustaba, lo que te interesaba, lo que querías.

PJ negó con la cabeza y se apartó un mechón de pelo de la frente.

—Lo que yo quería era libertad para ser yo mismo, no tener que soportar las expectativas de los demás. Resultó que, al final, en la playa no podía ser yo mismo y ahora, aquí, soy libre. Esto lo elegí yo. Nadie me obligó. Estoy aquí porque quise, pero basta ya de hablar de mí —comentó—. ¿Qué tal te han ido las cosas? Le voy a decir a Rosie que nos traiga un café. ¿O prefieres un té con hielo?

—No voy a tomar nada porque no me puedo quedar —contestó Ally.

–¿Después de diez años? Bueno, cinco desde la última vez que nos vimos, pero no me digas que simplemente pasabas por aquí –contestó PJ en tono escéptico–. Es evidente que has venido específicamente a verme, así que siéntate –le ordenó–. Rosie, por favor, tráenos té con hielo. Gracias –le dijo a su secretaria a través del interfono.

Ally tomó aire. Aquel hombre hablaba como el presidente de una empresa. Dando órdenes. Ally se sentó porque era cierto que había ido a verlo por un asunto en concreto, pero ella quería que fuera una visita rápida y burocrática y PJ la estaba convirtiendo en algo social que iba a dar al traste con sus planes.

Ally se dijo que debía seguir adelante, que tenía que haber hecho hacía mucho tiempo lo que iba a hacer. Necesitaba hacerlo, hacer las paces con PJ, olvidarse del pasado y seguir adelante con su vida.

Si para conseguirlo tenía que sentarse y conversar con él durante unos minutos, lo haría. Podía hacerlo. De hecho, le vendría bien hacerlo. Así se convencería de que estaba haciendo lo correcto.

De modo que se sentó en el borde de una butaca e intentó hacer gala del encanto informal que la caracterizaba, pero le estaba costando ser informal y educada y mostrarse indiferente cuando lo que en realidad le apetecía hacer era mirar a aquel hombre.

PJ Antonides siempre había sido muy guapo, pero jamás lo había imaginado de traje. Para empezar, porque ni siquiera se lo había puesto el día de su boda. Claro que la boda había durado cinco minutos, había sido en los juzgados y había consistido en pagar la licencia, en repetir los votos y en firmar. Punto final. Al salir, eran marido y mujer.

Ally lo miró e intentó encontrar al joven libre sin ambiciones con el que se había casado. Ya no estaba tan bronceado como lo recordaba y tenía patas de gallo, pero sus ojos seguían siendo tan profundos y tan verdes. Sin embargo, ya no llevaba el pelo largo sino cortado de manera seria. Parecía estar más fuerte, tal y como le permitía ver la camisa blanca que llevaba. Llevaba las mangas remangadas como, si a pesar de ser el presidente de una empresa, estuviera dispuesto a meterse en el fango si fuera necesario. Completaba el atuendo una corbata de color burdeos.

Ally se preguntó si todas las demás corbatas serían igual de conservadoras. Daba igual. A los veintidós años, PJ Antonides había estado estupendo en bañador y ahora, los treinta y dos, con una camisa blanca de traje y una corbata conservadora resultaba devastador.

Y le hacía querer cosas que sabía que no podían ser.

Ally cerró los ojos.

Cuando los abrió, vio que PJ se había sentado frente a ella y la miraba.

–Bueno, mujercita, ¿dónde has estado todo este tiempo?

¿Mujercita? Era cierto que, legalmente, seguía siendo su mujer, pero no esperaba que la llamara así.

–He estado en muchos sitios –contestó.

–Cuéntame.

–Como quieras. Tal vez, te resulte un poco aburrido, pero tú lo has elegido. Me fui a California...

–¿Te refieres a cuando me dejaste?

–¡Dicho así parece que te abandoné! Y no lo hice. Lo sabes perfectamente. La idea de casarnos fue tuya y sabes perfectamente por qué lo hiciste. Te ofreciste a...

–... A casarme contigo, sí, ya lo sé –la interrumpió PJ–. Para que pudieras heredar de tu abuela, quitarte de encima al diablo de tu padre y vivir tu vida –recitó–. Lo recuerdo perfectamente.

–No fue exactamente así.

–Fue exactamente así.

–Me refiero a que, en aquel entonces, mi padre no me parecía un diablo, pero lo que yo no quería era que me controlara la vida. Era un padre japonés de lo más tradicional y quería que lo obedeciera, quería que fuera a la universidad y quería que me casara con quien él eligiera.

–Y no lo hiciste –sonrió PJ–. ¿Me estás diciendo que te arrepientes de tu decisión?

–No, claro que no. Hice lo que tenía que hacer. Lo sabes perfectamente. Me viste cuando... –se interrumpió Ally. No quería recordar aquello–. Ahora lo entiendo mejor, la verdad. Tengo más edad y soy más madura, he regresado a Hawái y vuelto a verlo.

PJ la miró sorprendido.

–Tuvo un ataque al corazón hace un par de meses. Me enteré porque siempre he mantenido el contacto con Grace, la prima de mi madre. Me llamó a Seattle y me dijo que estaba grave y que podía morirse. Entonces, decidí que quería hacer las paces con él, así que volví a Honolulú. Era la primera vez que volvía desde que... desde que...

–¿Desde que te dijo que no eras su hija?

Ally recordó entonces el enfado que se había apoderado de PJ cuando ella le había contado lo que le había dicho su padre. Ahora, con la perspectiva que daba el tiempo, comprendía mejor a su padre, pero, en aquellos momentos, había preferido darle la espalda y marcharse.

Ally no quería pensar en la cantidad de años que habían permanecido separados.

–Sí –contestó retorciéndose los dedos–. Cuando volví, lo hice pensando que, tal vez, mi padre no quisiera verme, pero no fue así. Se alegró mucho de verme –sonrió–. Cuando me vio, me agarró de la mano y me pidió que me quedara –añadió con lágrimas en los ojos–. Y, desde entonces, estoy en Hawái.

–¿En su casa?

–No, yo creo que a él le encantaría, pero yo prefiero tener mi intimidad. Ya no soy una niña, así que he alquilado un apartamento en el centro de Honolulú. Llevo allí desde mayo. Lo primero que hice fue... volver a la playa y... buscarte.

–¿Para ver si todavía estaba esperando la ola perfecta?

–No sabía que te habías ido de Hawái.

–Tampoco creo que te importara.

Ally apretó los dientes. No quería discutir.

–Incluso me pasé por tu casa –comentó.

–¿De verdad? –contestó PJ en tono indiferente–. Ahora hay un rascacielos.

–Sí, ya lo he visto. ¿Y la señora Chang?

–Se fue a vivir con su hija antes de que yo me fuera.

–¿Hace un par de años?

–No, me fui de Honolulú antes. Ya sabes que no es el único sitio bueno para hacer surf –le explicó sin añadir dónde había ido a continuación–. Hace un par de años que estoy por aquí.

–Leí un artículo en el *Star* sobre un surfero que se había hecho millonario...

–Habladurías –contestó PJ poniendo los ojos en blanco–. Ya sabes que a los periodistas les encanta escribir cosas así. Lo que ocurrió fue que estábamos vendiendo velas nuevas y mi cuñada me sugirió que las promocionáramos, que le diéramos un nuevo enfoque. Fue una sugerencia suya, es cierto, pero la elección fue mía –se apresuró a explicar al ver la cara de sorpresa de Ally–. Y ya ves, una cosa llevó a la otra, es cierto que hice dinero y ahora, de repente, mi esposa viene a verme.

De nuevo el asunto de la esposa.

–Sí, por cierto, tenemos que hablar de eso.

Sin embargo, Ally no pudo aprovechar el momento porque Rosie eligió aquel preciso instante para llamar a la puerta y entrar con una bandeja de té con hielo y deliciosas galletas.

La mujer parecía muy profesional y eficiente, pero no podía dejar de mirar a PJ y a Ally de hito en hito como si estuviera en un campo minado y temiera que uno de los dos fuera a explotar en cualquier momento.

–Gracias, Rosie –le dijo PJ–. No creo que conozcas a mi esposa. Por lo menos, no de manera oficial. Ally, te presento a Rosie. Rosie, ésta es Alice.

La secretaria lo miró con los ojos muy abiertos.

–¿De verdad? Entonces, ¿no era broma?

¿Le había contado a su secretaria que estaba casado? No, no podía ser.

–Encantada de conocerla... por fin –le dijo Rosie.

¿Por fin? Entonces, ¿PJ había hablado de ella con otras personas? Ally estaba confundida.

–Rosie, por favor, no me pase ninguna llamada y dígale a Ryne Murray que no venga –le dijo PJ a su secretaria.

–Ya viene para acá.

Ally se puso en pie.

–Estás ocupado –declaró–. No quiero molestarte. Me voy...

–No pasa nada –continuó PJ como si Ally no hubiera dicho nada–. Cuando llegue, le dice que vuelva a otro día, que estoy con mi esposa y que tengo cosas de las que hablar con ella.

–No, de verdad, no hay nada de lo que hablar –protestó Ally.

–Cítelo para la semana que viene –añadió PJ.

–¿Me estás escuchando? No quiero que tengas que cambiar tus citas por mí. No quiero molestarte. Debería haber llamado antes de venir –se disculpó Ally yendo hacia la puerta–. No quiero...

PJ la agarró del brazo.

–No pasa nada –le aseguró–. Eso es todo, gracias, Rosie –añadió sonriendo a su secretaria–. Siéntate y dime lo que hayas venido a decirme –le ordenó a Ally una vez a solas. Pero antes prueba las galletas. Las hace mi cuñada y están buenísimas.

–¡Deja de comportarte así! –lo increpó Ally–. ¡No he venido a merendar contigo, JP! ¿Por qué me has presentado como tu mujer? ¡Deja de hacerlo!

–Has sido tú la que te has presentado aquí como mi mujer –contestó PJ dándole un mordisco a una galleta–. Yo lo único que he hecho ha sido confirmarlo.

–Tu secretaria ya sabía que estabas casado –objetó Ally.

Lo cierto era que jamás se le hubiera pasado por la cabeza que PJ iba a ir diciéndolo por ahí.

–Sí, estoy casado. Tú lo sabes mejor que nadie porque eres mi mujer –insistió PJ dando otro mordisco a la galleta.

–Sí, pero...

–¿Hubieras preferido que te dejara como a una mentirosa?

–No, claro que no –suspiró Ally–. La verdad es que tampoco esperaba que lo proclamaras a los cuatro vientos. En el artículo que leí sobre ti, no decías en ningún momento que estuvieras casado. Al contrario, decían que salías con hordas de mujeres solteras –añadió citando literalmente.

–Hordas –se rió PJ–. Es cierto que acompaño a ciertas mujeres a cenas de negocios, pero son conocidas y amigas.

–Pero ellas no saben que estás casado.

–¡La mayor parte del tiempo yo tampoco lo recuerdo, la verdad!

–Sí, tienes razón –contestó Ally–. Lo siento. Fui una egoísta al casarme contigo. No tendríamos que haberlo hecho. En realidad, no debería haber permitido que lo hicieras.

–No fuiste tú la que me lo permitió –la corrigió PJ–. Yo te lo ofrecí. Tú solamente aceptaste. De todas formas, tampoco fue para tanto –añadió encogiéndose de hombros.

–Para mí, sí lo fue.

Casarse con PJ le había dado acceso a la herencia de su abuela, le había permitido ser libre, tomar sus propias decisiones y no tener que plegarse a los deseos de su padre. Había significado poder empezar una vida completamente nueva y Ally era consciente de que se lo debía a PJ.

–Bueno, háblame de ti. La última vez que nos vimos no tuvimos mucha oportunidad de hablar.

La última vez había sido cinco años atrás cuando Ally había vuelto a Honolulú para una inauguración y él se había presentado con una mujer guapísima del brazo. Ally se dijo que no debía pensar en ello.

–Estaba muy ocupada –comentó.

–Es cierto. Las cosas te han ido muy bien.

–Sí –contestó Ally.

–Eres una artista textil mundialmente conocida, diseñadora de moda, empresaria internacional... ¿Cuántas boutiques tienes ya?

–Siete –contestó Ally–. El mes pasado abrí la de Honolulú.

Tras abandonar Hawái tras la boda, se había instalado en California para estudiar Arte. Allí, se había puesto a trabajar en una tienda de telas. Siempre interesada en el arte, había unido ambos mundos y había comenzado a diseñar edredones y cuadros que no tardaron en llamar la atención del público.

A partir de entonces, se había lanzado al mundo del diseño de moda y creaba conjuntos únicos que vendía con el logo «Arte para vestir».

Actualmente, su obra se vendía en sus tiendas, pero también en galerías e incluso en algunos museos textiles del mundo.

–Impresionante –comentó PJ.

–Sí, he trabajado mucho para conseguir llegar hasta donde he llegado –contestó Ally.

–Y veo que no has vuelto a necesitar que te hiciera ningún favor.

Ally dio un respingo.

–Ya sé que aquella noche me comporté de manera grosera contigo.

La última vez que se habían visto había sido la única en la que habían vuelto a coincidir después de la boda. Ally había vuelto a Honolulú para organizar un desfile muy precipitado. En aquel entonces, todavía no tenía un nombre consolidado, pero lo había querido hacer para demostrarle a su padre que iba por buen camino y, por qué no confesárselo a sí misma, para ver también a PJ y demostrarle que la confianza que había depositado en ella había valido la pena.

Le había mandado una invitación a su padre para el desfile y había esperado nerviosa a que llegara, pero no había ido. El que sí había aparecido había sido PJ. Cuando lo había visto aparecer más guapo de lo que lo recordaba, había estado a punto de caerse de espaldas.

Para empezar, porque no creía que fuera a ir ya que una amiga le había dicho que ya no lo veía en la playa y, para seguir, porque lo había hecho con un bellezón de melena rubia. Al verla, PJ se había acercado rápidamente.

–Hola. ¡Cuánto me alegro de verte! Estás fantástica –le había dicho–. Y las cosas que haces son increíbles. Te presento a Annie Cannavaro. Annie es la crítica de arte del *Star*.

En ningún momento la había presentado como su esposa. Ally se había dicho que era normal porque su matrimonio había sido de conveniencia, un favor que PJ le había hecho. Y, por lo visto, PJ creía que seguía necesitando sus favores porque se presentaba en el desfile con una periodista especializada en crítica artística.

Aquello la había enfurecido. ¡Ya no era la chiquilla necesitada con la que se había casado! Era cierto que lo había tratado con brusquedad, lo que había dejado a PJ perplejo y, por otra parte, aunque le costara admitírselo a sí misma, el hecho de ver a PJ con otra mujer no la había ayudado en absoluto.

Ally se había mostrado tensa e indiferente durante todo el desfile y sólo había descansado cuando PJ y su acompañante se hubieron ido, pero su alivio duró poco porque PJ volvió al final del desfile. Solo.

–¿Se puede saber qué demonios te pasa? –le había preguntado acorralándola en un pasillo.

–No sé de qué me hablas –contestó Ally intentando zafarse de él.

–Lo sabes perfectamente. Si no quieres saber nada de mí ahora que eres famosa, me parece muy bien. Puedes hacer lo que te dé la gana, pero no había necesidad de que te pusieras maleducada con Annie.

–¡Yo no he sido maleducada con nadie! Y, además, no soy famosa –se había defendido Ally–. Te aseguro que... no he querido ser maleducada, pero

quería que comprendieras que no necesito ayuda.
¡No necesito que me rescates!

–En ningún momento he pensado en rescatarte,
yo lo único que quería era echarte una mano, pero
no te preocupes, ¡le diré a Annie que no escriba
nada sobre ti! Olvídalo. Adiós –se había despedido
girándose dispuesto a irse.

–¿Eso es todo? –le dijo Ally.

–¿Qué más quieres?

–Creía que... creía que, tal vez, hubieras traído
los papeles del divorcio –comentó Ally con la boca
seca.

PJ se quedó mirándola muy serio y Ally se obligó
a mirarlo a los ojos.

–No, no tengo los papeles del divorcio –contestó
PJ por fin.

–Ah –dijo Ally sintiendo un gran y ridículo alivio–. Bueno, pues... cuando quieras divorciarte, no
tienes más que decírmelo –añadió intentando sonar
indiferente.

–Sí, muy bien –contestó PJ alejándose.

Y Ally no lo había vuelto a ver, no había vuelto a
saber nada de él y no se había puesto en contacto
con él... hasta hoy.

–Te pido disculpas por lo de aquella noche. Estaba intentando abrirme camino yo sola porque había dependido demasiado de ti. No quería tu caridad.

–¿Crees que lo que hice lo hice por caridad? –le
preguntó PJ.

En aquel momento, sus miradas se encontraron y
una corriente eléctrica los recorrió a ambos.

–Sí, eso es lo que creo –contestó Ally intentando mantener la compostura–. No debería haberme casado contigo. Ahora sé quién soy y lo que soy capaz de hacer y te lo debo a ti, así que he venido a darte las gracias y... a traerte esto –añadió sacando una carpeta del bolso.

–¿Qué es esto? –preguntó PJ.

–Los papeles del divorcio –contestó Ally–. Ya iba siendo hora, ¿eh? –añadió con una sonrisa.

PJ no sonrió, tenía la mirada fija en la carpeta que tenía en la mano.

–Ya sé que debería haberlo hecho antes y te pido perdón por haber tardado tanto –se disculpó Ally–. La verdad es que creía que lo harías tú.

PJ no contestó. Estaba muy serio.

–Sí, tendría que haberme hecho cargo de este asunto hace mucho tiempo –continuó Ally algo nerviosa–. Lo cierto es que es una formalidad porque los dos sabemos que no te voy a pedir nada. Por supuesto, no hay pensión de manutención ni nada por el estilo. Sin embargo, si quieres una parte de mi negocio, es tuya. Tienes derecho –añadió.

–No –contestó PJ alzando la voz.

–Como quieras –comentó Ally tomando aire–. Quería ofrecértelo de todas maneras. Bueno, entonces, será más fácil –añadió sacando un bolígrafo del bolso–. En ese caso, lo único que tienes que hacer es firmar los papeles y ya me encargaré yo del resto.

–No.

Ally levantó la mirada sorprendida.

–Por supuesto, si quieres llamar a un abogado para que los lea, me parece bien.

–No.

Ally frunció el ceño.

–Entonces... sólo queda firmar –le dijo entregándole el bolígrafo.

PJ no se movió. Fue entonces cuando Ally se fijó en que llevaba un bolígrafo en el bolsillo de la camisa.

–Ah, tienes tu propio bolígrafo, claro –suspiró.

PJ dejó la carpeta con los papeles sobre la mesa.

–No hay divorcio –declaró.

# Capítulo 2

¿CÓMO? ¿Qué es eso de que no hay divorcio?
—Pues está muy claro. ¿Qué palabra exactamente es la que no has entendido?

—Ja, ja, muy gracioso —contestó Ally—. Venga, PJ. Déjate de bromas. Es cierto que fui grosera y ya te he pedido disculpas. Lo único que necesito es que firmes estos papeles y me iré.

—No.

—¿Por qué no? —se impacientó Ally—. No tiene sentido.

—Claro que tiene sentido —contestó PJ encogiéndose de hombros—. Estamos casados. Hicimos promesas.

—Sí, claro, como que las hemos mantenido, ¿verdad?

—Habla por ti, Al —contestó PJ.

—¿Por qué dices eso? —se sorprendió Ally.

—Por nada —contestó PJ acercándose al ventanal—. Lo único que digo es que llevamos casados diez años —comentó al cabo de un rato—. Mucha gente no dura tanto.

—¿Sugieres que la gente no debería verse durante diez años?

—No, lo que sugiero es que deberíamos intentarlo —sonrió PJ.

–¿Qué? –se sorprendió Ally.

–Deberíamos vivir juntos y ver si las cosas funcionan –insistió PJ.

Ally abrió la boca, pero la volvió a cerrar. No se podía creer lo que estaba oyendo. Aquello no era lo que tenía planeado.

–Pero si no nos conocemos de nada –apuntó.

–Éramos amigos.

–Tú eras surfero y yo era la camarera del sitio en el que te comprabas las hamburguesas.

–Sí, es cierto que nos conocimos allí. Y nos hicimos amigos. No me digas que no éramos amigos.

–No, claro que éramos amigos, pero... ésa es precisamente la cuestión. Éramos amigos, PJ. Colegas. ¡Nunca fuimos novios! No me querías entonces y no creo que me quieras ahora.

–De momento, me gusta lo que estoy viendo y muchos matrimonios empiezan con mucho menos.

Por cómo lo había dicho, cualquiera diría que era lo más normal del mundo que dos personas se separaran durante diez años y luego, de repente, sin previo aviso, retomaran las cosas donde las habían dejado.

A lo mejor, era normal para él.

–Es ridículo –se negó Ally.

–No, no lo es.

–Claro que lo es. Ni siquiera vivimos cerca el uno del otro. Tenemos vidas completamente diferentes.

–Yo soy muy adaptable.

–¡Pues yo, no! Tengo mi vida en Hawái, he vuelto a casa y estoy centrada. Me gusta vivir allí y ha llegado el momento de dar el siguiente paso en la vida.

—¿Cuál es?

—Divorciarme.

—No.

—¡Sí! Tengo que hacerlo —contestó Ally—. ¡Quiero ser dueña de mi vida!

—¿Por fin? —se burló PJ.

Ally se cruzó de brazos.

—Sabes perfectamente que tenía que hacer otras cosas antes.

—Y, ahora que las has hecho, te quieres divorciar —comprendió PJ—. ¿Por qué ahora?

—Para empezar, porque te he encontrado —contestó Ally algo molesta—. ¿Para qué esperar? Entre nosotros no hay ninguna relación. No tenemos nada.

—Tenemos recuerdos.

—Recuerdos de hace diez años.

—Y uno de hace cinco —le recordó PJ.

—¡Ya te he pedido perdón por eso! —se sonrojó Ally.

—Sí, es cierto. Gracias —contestó PJ—. En cualquier caso, no fue culpa mía que no mantuviéramos el contacto —señaló—. Cuando te fuiste, ni siquiera dejaste una dirección.

—Mea culpa —admitió Ally—. Es cierto que, quizás, tendría que haber mantenido contacto, pero...

Pero habría sido demasiado tentador. Una cosa había sido casarse con PJ, pronunciar unas cuantas palabras y firmar un par de papeles... al fin y al cabo, todo muy legal, pero nada personal.

Sin embargo, la noche que había compartido con

él, sólo una, había destrozado aquella sensación que Ally había tenido de que su matrimonio sólo era un asunto administrativo. Aquella noche le había hecho querer cosas que estaba segura de no poder tener, cosas que PJ no querría darle porque se había casado con ella única y exclusivamente para ayudarla.

Cambiar las normas después de haberse casado no habría sido justo.

—Me pareció lo mejor —le explicó.

—Así no tenías distracciones —tradujo PJ.

—Sí —mintió Ally—, pero las cosas han cambiado y yo, también.

—¿Cuál es la verdadera razón por la que quieres divorciarte de mí, Al? —le preguntó PJ.

Ally se había dicho una y otra vez que volver a ver a PJ iba a estar bien, que era lo correcto, lo educado, pedirle el divorcio cara a cara en lugar de mandarle los papeles por correo, se había convencido de que volver a verlo era indispensable para cerrar el ciclo, se había convencido de que entraría en su despacho y de que no sentiría nada, sólo gratitud hacia aquel hombre con el que se había casado hacía diez años y, aunque hubiera sentido pena por lo que pudo haber sido y no fue, estaba segura de que él se sentiría muy aliviado de que le pidiera el divorcio, pero nada había salido como ella había creído.

—Me voy a casar —contestó Ally.

—¿Cómo? —se sorprendió PJ atragantándose con el té.

—Que me voy a casar —repitió Ally—. Estoy... prometida, más o menos.

–¿Y no te parece precipitado teniendo en cuenta que ya tienes un marido?

–No es oficial, pero me voy a casar. Después. Por eso te he traído los papeles del divorcio, para que los firmes. En realidad, es una formalidad. Te los podría haber mandado por correo, pero me pareció más educado venir a verte en persona.

–Educado –repitió PJ.

–Sí, soy una persona muy educada –se defendió Ally–. Lo cierto es que creía que te iba a parecer una buena idea. Al fin y al cabo, nunca estuvimos casados de verdad.

–Tuvimos una noche de verdad.

–Aquello no fue de verdad –insistió Ally apretando los dientes.

–Pues a mí sí me lo pareció.

–¡Basta! ¡Sabes perfectamente lo que quiero decir!

–Explícame lo que quieres decir, Al –suspiró PJ.

–Lo que quiero decir es que ha llegado el momento de seguir adelante. Debería haberme puesto en contacto contigo antes, pero creía que lo harías tú y... después de lo que sucedió hace cinco años, estaba segura de que lo harías, pero... como no lo hiciste y yo tenía mucho trabajo... y, al volver a Honolulú y ver que no estabas... de repente, las cosas con Jon se pusieron serias y me ha pedido que me case con él y...

–¿No sabe que estás casada?

–Sabe que lo estuve... supongo que cree que ya no lo estoy –contestó Ally.

¿Cómo se le dice a la persona con la que una sale

que estás casada pero que no sabes dónde está tu marido?

–Y no te has molestado en sacarlo de su error.

–Nunca ha salido el tema de conversación.

–¿De verdad? –se extrañó PJ.

–¡Tenemos otras cosas de las que hablar! –le espetó Ally–. ¿Qué quieres que te diga? Me dijo que sabía por su hermano que había estado casada y yo dije que sí. Nada más. Asumió que lo nuestro había terminado y yo... he dejado que lo creyera.

PJ enarcó una ceja.

–Es cierto, lo nuestro en realidad nunca existió. Lo único que tenemos que hacer es ponerle fin a nivel administrativo –insistió Ally.

–¿Cómo que no existió? ¿Y aquella noche?

–¡Sólo fue una noche!

Pero qué noche. Sobre todo, porque aquella noche de bodas nunca tendría que haber tenido lugar. Hacer el amor con PJ no entraba dentro del trato original, así que Ally no había pensado en consumar su matrimonio y PJ tampoco lo había mencionado en ningún momento.

Cuando después de la ceremonia, Ally había ido a anunciarle a su padre que se había casado, su progenitor se había limitado a mirarla durante lo que a ella se le había antojado una eternidad.

–¿Te has casado? –le había preguntado haciendo otra pausa–. ¿De verdad?

Tras decir aquello, se había ido. Una vez a solas, Ally había pensado en el matrimonio de sus padres y en el dolor que había sentido su padre cuando su madre había muerto y se había dado cuenta de que su matrimonio con PJ no era más que una farsa. Por supuesto, sabía por qué se habían casado, pero las dudas de su padre la llevaron a ir a casa de PJ aquella noche.

–¿Qué ocurre, Al? –le había preguntado PJ muy sorprendido al abrir la puerta.

–Bueno, verás... necesito que me hagas otro favor –le había dicho ella.

–Dime.

–Necesito que... quería que... ¿te importaría hacerme el amor? Ya sé que te has casado conmigo para hacerme un favor, ya sé que la idea era sólo poner tu apellido en unos papeles, pero... ¡quiero que sea de verdad!

PJ no se había movido. No había contestado. Se había limitado a mirarla fijamente.

–Ya sé que hacer el amor no hace que nuestro matrimonio sea tan real como otros matrimonios –se había apresurado a añadir Ally–, pero... ya sé que no será más que una vez... bueno, a lo mejor, no te parezco atractiva, claro...

–No digas tonterías –le había dicho PJ tomándola de la mano y tirando de ella para que entrara en su casa.

Cuando sintió sus labios, cálidos y persuasivos, le temblaron las piernas, le dio vueltas la cabeza y tuvo que agarrarse a sus brazos y a él como si le fuera la vida en ello.

PJ había cerrado la puerta y la había llevado al dormitorio sin dejar de besarla y allí le había hecho el amor.

Ally había creído que sería una experiencia rápida e incómoda, algo pragmático para hacer que su matrimonio fuera «real». Había pensado que a PJ le gustaría el sexo y se le había ocurrido que sería su forma de regalarle algo.

No tenía ninguna experiencia sexual, era virgen, y todo lo que había escuchado sobre las primeras veces era más bien negativo. Sin embargo, PJ había convertido aquella noche en la noche más increíble de su vida. Hacer el amor con él y compartir intimidades que no había compartido con nadie había resultado ser una experiencia maravillosa de la que jamás se había olvidado.

Nunca había querido olvidarla.

Si no hubiera estado ya medio enamorada de PJ Antonides, lo habría estado completamente a la mañana siguiente. Por supuesto, no se lo había dicho. Aquello no formaba parte del trato y habría sido cambiar las reglas del juego.

Sin embargo, había pensado en él, había seguido amándolo desde lejos, había seguido reviviendo aquellos recuerdos durante años. Durante mucho tiempo, había creído que no iba a ser capaz de mirar a otro hombre. En realidad, no se había fijado en ningún otro hasta que había conocido a Jon.

Y no sabía si con él iba a ser lo mismo que con PJ, pues no había querido averiguarlo, no había querido hacer el amor con Jon todavía. Cuando se lo había propuesto, Ally le había contestado que no podía hacer el amor con un hombre estando casada con otro, así que Jon la había instado a que se divorciara cuanto antes.

Y allí estaba.

Quería a Jon. Era lo que quería y lo que necesitaba, un hombre amable y cariñoso, un hombre que quería una familia, un hombre cansado de ser un adicto al trabajo, exactamente igual que ella.

–Hacemos buena pareja –le había dicho él no hacía mucho tiempo–. Queremos las mismas cosas.

Así era. Con PJ jamás había sido así. En cuanto tuviera el divorcio, se casaría con Jon y construiría una vida a su lado. Tendría hijos con él y le daría a su padre los nietos que tanto ansiaba y fabricaría nuevos recuerdos, maravillosos recuerdos, que superarían a los de la noche que había pasado entre los brazos de PJ.

–Lo que hubo entre nosotros fue un trato, no fue un matrimonio de verdad –le dijo a PJ poniéndose muy seria.

–Fue de verdad, y lo sabes –contestó él.

Así se lo había parecido a ella en el momento, pero ya no.

–Estar casado es mucho más que acostarse una noche.

–Claro, pero te fuiste y no nos dio tiempo a nada más.

–¿Habrías preferido que me hubiera quedado? –lo desafió–. ¡No creo! ¡No finjas que querías estar casado! Lo único que querías era hacer surf, faltar a clase e ir a la playa.

PJ apretó los labios y se quedó pensativo.

–Tienes razón.

–Por supuesto que tengo razón –insistió Ally decepcionada y aliviada la vez.

Sin embargo, cuando sus ojos se encontraron, no pudo evitar recordar de nuevo aquella noche de ternura, pasión, emoción e intimidad y lo real que la había sentido entonces.

–¿Y quién es el afortunado? –preguntó PJ al cabo de un rato.

–¿Te acuerdas de Ken, el chico con el que mi padre quería que me casara?

–¡No me digas que te vas a casar con él, por favor! –exclamó PJ sin poder evitarlo.

–No, no me voy a casar con él –lo tranquilizó Ally–. Está casado y tiene tres hijos, pero también tiene un hermano pequeño, Jon, que es médico.

–Médico –repitió PJ.

–Cardiólogo –especificó Ally–. Nos conocimos en el hospital en el que estuvo ingresado mi padre y nos gustamos. Nos gustan las mismas cosas y queremos las mismas cosas.

–¿Y te vas a casar con él así sin más?

–¿Por qué no? ¡Contigo me casé así sin más!

–Tenías tus motivos –le recordó PJ–. ¿Tienes otros motivos esta vez?

–¡No!

–Entonces, ¿estás enamorada de él?

–¡Por supuesto que estoy enamorada de él! –se apresuró a contestar Ally–. Es un hombre maravilloso, trabajador, inteligente y cariñoso, que se preocupa por los demás e intenta curarlos para que tengan otra oportunidad en la vida, es un hombre que me respeta y al que yo respeto. Somos una buena pareja y es nuestro momento porque los dos queremos formar un hogar y tener hijos. Yo no quiero que mi familia sea sólo mi padre, y mi padre tampoco quiere eso. Está encantado con Jon.

–Seguro.

–Me casaría con él aunque a mi padre no le hiciera gracia porque Jon es un hombre maravilloso.

–Lo que no cambia el hecho de que sigues casada conmigo.

Lo que los llevaba de nuevo a los papeles del divorcio, los papeles que PJ no quería firmar, los papeles que estaban sobre la mesa, los papeles que no quería ni mirar. Por la expresión de su rostro, aquella expresión de decisión que había visto en su cara tantas veces cuando se había empeñado en meterse al mar para tomar una ola con la que ni los profesionales se atrevían, Ally comprendió que PJ no iba a cambiar de parecer, así que suspiró y se puso en pie.

–Muy bien, no hace falta que firmes los papeles del divorcio. Me puedo divorciar sin tu consentimiento –le dijo recogiendo la carpeta.

PJ apretó los dientes, pero no contestó.

–De verdad, PJ...

Así que se había confundido al ir a verlo. Jon se lo había advertido cuando le había contado la idea, pero ella había insistido. Le había parecido que era lo mínimo que podía hacer teniendo en cuenta el favor que le había hecho PJ cuando lo había necesitado.

La idea había sido ir a darle las gracias, pero las cosas no habían salido bien.

–Llámame si cambias de idea. Voy a estar en la ciudad hasta el viernes. De lo contrario, nos veremos en el juicio –se encontró diciéndole a modo de despedida.

–Así que está casado –comentó Rosie.
–Siempre lo he dicho –contestó PJ.

Y era cierto. Él nunca lo había negado, pero los demás no habían querido creerlo.

A veces, tenía la sensación de que la boda con Ally había sido un sueño, algo lejano que no tenía nada que ver con el resto de su vida. Debería haberlo dejado ahí o presentar la exigencia de divorcio después del encontronazo de hacía cinco años, pero no lo había hecho. ¿Para qué molestarse? En aquel momento, no tenía ninguna intención de casarse. De hecho, estar casado le había resultado conveniente. Le servía de excusa para no tener nunca una relación seria. Le había ido bien tanto en Hawái como en Nueva York, sobre todo cuando sus padres habían insistido en presentarle a todas las solteras que conocían.

–Estoy casado –les había dicho.

Por supuesto, no le habían creído. ¿Dónde estaba su esposa? ¿Quién era? Al final, les había mostrado los papeles para convencerlos y, cuando les había contado la verdad, que se había casado con ella para hacerle un favor, su padre habían montado en cólera.

–¿Un favor? ¿Te has casado con ella para hacerle un favor?

–¿Por qué no? Estaba entre la espada y la pared, necesitaba una salida, tú habrías hecho lo mismo –le había contestado su hijo.

Aeolus no había dicho nada.

–¿Y cuándo va a volver? –habían querido saber sus padres.

–Cuando se encuentre a sí misma –había contestado PJ intentando no mentir.

¿Cómo podía saber lo que Ally haría con su vida? Había creído que se alegraría de verlo cuando había ido al desfile, pero se había mostrado grosera y distante, no parecía ella, no parecía la chica con la que se había casado. PJ se había dicho que daba igual y que debía olvidarse de ella, pero no había podido.

Lo cierto era que Ally siempre estaba con él... Ally y la noche que habían pasado juntos.

Cuando su abuela se había enterado de que estaba casado, lo había llamado y había insistido en que fuera a buscar a Ally.

–No, prefiero dejar las cosas como están –había contestado PJ.

–No me gusta verte solo y quiero que me des bisnietos –había insistido Yiayia–. Además, la pones a ella como excusa para no tener que enfrentarte a las mujeres que te presenta tu padre.

–Ninguna me gusta.

–Porque la que te gusta es ella.

–¡Eso no es verdad!

–¿Ah, no? Demuéstralo, pero no a mí, sino a ti mismo. Tienes que ir a buscarla, ver cómo es ahora, traerla a casa o divorciarte de ella.

PJ había apretado los dientes y se había dado cuenta de que su abuela tenía razón.

–Dentro de poco es nuestro décimo aniversario de boda. La iré a buscar, la invitaré a cenar y lo celebraremos.

La oportunidad perfecta para arreglar las cosas de una vez.

—Muy bien, y tráela, que la quiero conocer —había insistido su abuela.

PJ era consciente de que tenía treinta y dos años, de que se quería casar con alguien que estuviera presente en su vida, pero, aunque alguna de las mujeres que le había presentado su padre eran encantadoras, no había podido olvidarse de Ally.

Y ahora Ally había vuelto.

—Es muy guapa —comentó Rosie.

—Sí.

Ally siempre había sido preciosa. PJ se había fijado en ella desde la primera vez que le había visto en la barra del Benny's. De padre japonés y madre anglo-china-hawaiana, Alice Maruyama era una belleza de rasgos de porcelana, pómulos altos y ojos rasgados y oscuros rodeados de enormes pestañas que tenía el pelo negro y brillante.

Solía llevarlo bien cepillado y siempre recogido. Excepto la noche en la que habían hecho el amor, aquella noche en la que aquella cabellera se había convertido en una cortina sedosa de cabellos sueltos y despeinados entre los que PJ se había perdido.

En cuanto la había visto en la puerta aquella tarde, había querido deshacerle el moño que llevaba, soltarle el pelo y volver a repetir lo de aquella noche. Menos mal que Ally se había mostrado seria e impasible. Menos mal que verla cinco años atrás le había hecho comprender que no tenía nada que hacer con ella.

Sin embargo, tampoco quería volver a perderla

de vista. Había algo entre ellos. Electricidad. Atracción. Un asunto inacabado.

PJ se preguntó si habría pasado con el maldito Jon una noche como la que había pasado con él. Al pensar en ello, apretó los puños. ¿Cómo era posible que Ally apareciera de repente apremiándolo para que le firmara los papeles del divorcio? ¿Por qué demonios quería casarse con otro hombre? ¿Qué tenía de malo el marido que ya tenía? ¿Y cómo sabía que su matrimonio no funcionaría cuando jamás lo habían intentado?

–... me ha dicho que la llame –dijo Rosie.

–¿Quién?

–Su hermana Cristina. Por lo visto, Mark ya ha vuelto de viaje y quiere que cene con ellos esta noche para hablar de la nueva línea de fuerabordas.

PJ volvió al presente e intentó concentrarse. Cenar con Cristina y con Mark. Muy bien. El marido de su hermana gemela trabajaba también en Antonides Marine. El matrimonio no vivía lejos de la empresa y, a veces, resultaba más fácil hablar de negocios mientras cenaban juntos que hacerlo en el despacho. Al fin y al cabo, era una empresa familiar.

Ally había dicho que quería familia. Sí, eso había dicho. Había dicho que no quería ser solamente ella y su padre.

Muy bien, si quería familia, familia iba a tener porque a él le sobraba.

–Rosie, llama a mi hermana y dile que esta noche no voy a poder ir a cenar con ellos. Ya hablaré con Mark mañana en el despacho. Dile que esta noche le voy a hacer la cena a mi mujer –contestó sonriendo como un gato a punto de comerse a un ratón.

—¿Lo has conseguido? —le preguntó Jon.

—Todavía no —contestó Ally paseándose por la habitación del hotel.

—¿Pero no has ido a verlo?

—Sí, he estado hablando con él y voy a conseguir el divorcio, pero... hay que esperar un poco. Se ha quedado muy sorprendido al verme y se ha sorprendido todavía más cuando le he presentado los papeles del divorcio.

—Ya te dije que no era buena idea.

—No es mala idea, pero está sorprendido.

—¿De verte o de lo del divorcio?

—Supongo que de las dos cosas, pero no te preocupes, estoy segura de que firmará. Lo que le pasa es que no le gusta que lo presionen.

Tendría que haber recordado aquel detalle. PJ le había contado que se había ido vivir a Hawái para quitarse de encima a su familia. No tendría que haberse mostrado tan insistente, tendría que haber charlando con él amigablemente, fingirse interesada en lo que hacía actualmente, en lo que había hecho durante los últimos diez años y en cómo le había ido la vida desde entonces.

El problema era, y por eso no lo había hecho, que no habría fingido. Había ido a verlo con la esperanza de que su encuentro fuera educado y pragmático, con la idea de que volver a verlo no la iba a alterar en absoluto, pero lo que le había sucedido había sido que, nada más verlo, había sentido una instantánea punzada de deseo y de nostalgia.

El deseo se había apoderado de ella con tanta fuerza que se había encontrado escudriñando el cuerpo de PJ, desvistiéndolo y comiéndoselo con los ojos.

–Esta noche voy a cenar con tu padre –insistió Jon–. Yo quería decirle que ya estaba todo arreglado y que volvías para casa.

–No voy a volver hasta el fin de semana. Ya os lo dije antes de venirme. Ya que estoy aquí, quiero visitar una galería y quiero hablar con Gabriela. No he venido hasta Nueva York solamente por PJ.

–No, claro que no, has ido Nueva York por nosotros –le recordó Jon–. Tienes que dejar el pasado atrás de una vez y seguir adelante con tu vida porque eso es lo que quieres hacer, ¿verdad, Ally?

–Claro que sí.

–Bueno, yo sólo te lo digo porque... ya sabes que tu padre no tiene el corazón muy bien, no va a aguantar mucho y... yo quiero que esté en nuestra boda.

Ally tragó saliva. Era consciente de que la salud de su padre era delicada y sabía que a su progenitor le haría muchísima ilusión verla casada con Jon, y ella quería que fuera feliz, quería que todo el mundo fuera feliz.

–Estoy en ello –le aseguró.

–Muy bien. Se lo diré. Venga, arregla las cosas y vuelve cuanto antes. Te echo de menos. Cuando no estás aquí, me paso el día entero trabajando.

–Voy a hacer todo lo que pueda –le prometió–.

Me están llamando por la otra línea. Te dejo. Puede que sea Gabriela.

–Olvídate de Gabriela y de la galería. Eso no es importante. Lo importante es que consigas que PJ firme los papeles del divorcio.

–A lo mejor es él –aventuró Ally–. A lo mejor ha cambiado de opinión, los ha firmado y me está llamando para que pase a recogerlos.

–Ojalá –contestó PJ–. Hablamos mañana. Le voy a decir a tu padre que lo tienes todo controlado.

Ally rezó para que así fuera mientras pulsaba el botón que le permitía hablar con la otra línea.

–Alice Maruyama.

–Cena conmigo esta noche –le dijo una voz masculina que no necesitaba identificarse.

Aunque no hubiera hablado con él una hora antes, habría reconocido aquella voz en cualquier sitio.

–¿Quién es? –fingió sin embargo.

PJ se rió.

–Venga, Al. No seas así. Sabes perfectamente quién soy, así que no hagas trampas.

–Yo no hago trampas. ¿Has firmado los papeles del divorcio?

–No, todavía no, pero puedes intentar convencerme de que lo haga durante la cena.

–PJ...

–Gallina. ¿Tienes miedo?

Eso era exactamente lo que le había dicho años atrás cuando se había enterado de que nunca había hecho surf.

–¿Vives aquí y nunca has surfeado? –se había sorprendido mientras Ally le servía una hamburguesa.

–No todos los que vivimos en Hawái hacemos surf –había contestado ella muy seria.

–No, supongo que no. Cuando se tiene miedo, es mejor no hacer surf –la había retado PJ.

–¡Yo no tengo miedo!

–Entonces, vente conmigo y te enseño.

–Tengo que trabajar –le había dicho Ally–. No me puedo ir contigo de repente.

–Entonces, mañana por la mañana. Podemos quedar aquí a las siete –había insistido PJ sonriendo con malicia–. A no ser, claro, que tengas...

–¡Yo no tengo miedo! –había insistido Ally.

No lo había tenido entonces y no lo tenía ahora.

–Muy bien, estoy dispuesta a cenar contigo. Así, podremos hablar de los viejos tiempos y me firmarás los papeles. ¿Dónde quedamos?

–Prefiero pasar a buscarte.

–Y yo prefiero que nos veamos directamente en el restaurante.

–Muy bien, como quieras –accedió PJ–. Quedamos en la boca de metro de la Séptima Avenida.

–Prefiero quedar en el restaurante.

–Te espero en la boca de metro. Iremos paseando desde allí. A las siete en punto. Es una cita.

# Capítulo 3

**N**O, NO era una cita.
Ally nunca había tenido una cita con PJ Antonides... excepto el día que quedaron en la puerta del juzgado para casarse.

Ally se dijo que aquello no había sido una cita mientras revolvía irritada en su maleta, intentando encontrar algo que ponerse.

¡En realidad, daba igual la ropa que se pusiera porque, dijera PJ lo que dijera, aquello no era una cita y no eran pareja!

Estaba molesta con PJ, pero, sobre todo, consigo misma. No tendría que haber ido a darle los papeles en persona. Jon tenía razón. No había necesidad. Se los podría haber mandado por correo y, si no los hubiera querido firmar, ella habría interpuesto la exigencia de divorcio de todas maneras.

Ally era consciente de que todavía estaba a tiempo de actuar así, pero no le parecía lo correcto y lo cierto era que no entendía por qué PJ se estaba mostrando tan obstinado. Y ella que había creído que las cosas iban a resultar fáciles...

Al final, eligió un traje pantalón negro y se recogió el pelo. Se trataba de un conjunto y de una apariencia muy seria para recordarse que aquello no era una cita y que no podía desear físicamente a PJ.

Había ido hasta allí para acabar con la farsa de su matrimonio y poderse casar de verdad con Jon.

–No debo olvidarlo –se dijo mirándose al espejo–. PJ no me quiere. Me está haciendo esto para vengarse.

Sí, sin duda, se estaba negando a firmar los papeles del divorcio para devolverle lo que Ally le había hecho la noche del desfile, cuando se había mostrado grosera con él.

–No me quiere y yo tampoco lo quiero a él –añadió.

El trayecto en metro desde el hotel de Manhattan hasta la Séptima Avenida en Brooklyn la dejó despeinado y algo sudorosa. Ojalá le hubiera dicho a qué restaurante iban a ir para poderse arreglar un poco antes de que él llegara, pero, cuando Ally salió a la calle, PJ ya la estaba esperando.

Llevaba el mismo traje que había llevado en el despacho, pero se había quitado la chaqueta y la corbata.

Ally sintió que se quedaba sin aliento.

–Qué puntual –comentó PJ–. Estás estupenda.

Ally se rió, pues era evidente que no era cierto.

–Vaya, por fin sonríes de verdad –dijo PJ sonriendo también.

–Será porque estoy encantada de haber quedado contigo –contestó Ally con sarcasmo.

PJ se rió y, antes de que a Ally le diera tiempo de reaccionar, se inclinó sobre ella y la besó. Fue un beso rápido, lo que normalmente se suele llamar un pico, un beso que no era para tanto, un beso que no tendría que haber dejado a Ally temblorosa.

Sin embargo, aquel breve roce con los labios de PJ la hicieron recordar todo. Un breve beso y, de repente, se encontró de nuevo en Hawái, en casa de PJ, entre sus brazos.

–¿Estás bien ? –le preguntó PJ al verla sofocada.

–Sí... es que en el metro hacía mucho calor... no estaba puesto el aire acondicionado –improvisó Ally–. ¿Adónde vamos? ¿Está lejos?

–No –contestó PJ agarrándola de la cintura mientras avanzaban por la avenida Flatbush.

–¿Qué haces? –le preguntó Ally al ver que se paraba ante una tienda.

–Tengo que comprar unas cosas –contestó PJ agarrándola de la muñeca y tirando de ella hacia el interior del local.

Una vez dentro, compró carne, ensalada, pan integral y aceitunas.

–¿Estás haciendo la compra ahora? –se extrañó Ally.

–Sí, claro –contestó PJ–. Te he invitado a cenar y tengo que hacer la compra.

–¿Cómo? ¿Vas a cocinar?

–Uno de mis muchos talentos ocultos –contestó PJ sonriendo y eligiendo una piña.

–Prefiero que cenemos fuera. Te invito yo –protestó Ally.

–No, me gusta cocinar.

–Pero...

Pero PJ ya iba hacia la caja a pagar. Una vez en la calle de nuevo, la agarró del codo para guiarla doblando la esquina por una calle perpendicular. Al llegar frente a una casa muy elegante, se paró.

–¿Es aquí? –se sorprendió Ally.

Se trataba de una casa del siglo XIX, una casa de ladrillo marrón de cuatro plantas, una casa que era una preciosidad.

–Sí, cuando mi hermano Elias se fue, me dijo que me podía quedar con su casa. Tenía un ático maravilloso en el último piso de Antonides Marine, pero yo prefiero vivir lejos del trabajo, así que me vine aquí –le explicó PJ abriendo la puerta de roble y cristal–. Tengo un pequeño jardín y el parque está muy cerca –añadió–, la playa de Coney Island está a unas cuantas paradas de metro y, como puedes ver, me traje muchas cosas de Hawái conmigo.

Efectivamente, había toda una pared pintada y Ally reconoció al instante lo que era. Se trataba de la playa de Hawái en la que se habían conocido. Se veía la cafetería en la que ella trabajaba, la tienda de tablas de surf, las rocas, los bañistas y los surfistas.

–¿Lo has pintado tú? –le preguntó.

–No, lo ha hecho mi hermana Martha –le explicó PJ–. Es pintora.

–Es... cautivador –comentó Ally sinceramente–. Lo miro y me parece sentir la brisa del mar, oler la espuma y...

–Las hamburguesas de Benny –bromeó PJ.

Ally se rió.

–Es fantástico.

–Sí, a mí también me lo parece. Es un buen recuerdo. A veces.

–¿A veces?

PJ se encogió de hombros.

–Las cosas eran más fáciles entonces. Las esperanzas, los sueños, esas cosas... En cualquier caso, supongo que los recuerdos merecen la pena. Por lo menos, la mayoría.

Ally se quedó mirando el mural y haciendo repaso de los recuerdos que tenía de aquella época.

–Voy a hacer la cena –anunció PJ desapareciendo de repente.

Ally estaba tan fascinada con el mural que apenas se fijó en el resto del salón. Sin embargo, no le pasaron desapercibidos los mueble de madera y cuero de líneas sencillas. Fijándose más atentamente en la pintura, descubrió que había rostros que reconocía.

–¡Pero si es Tuba! –exclamó reconociendo al niño de diez años que se encargaba de las tablas–. ¡Y Benny! –añadió.

–Sí, hay un montón de gente que conoces –contestó PJ apareciendo tan repentinamente como se había ido.

–¿Yo también estoy? –preguntó Ally.

–Claro.

–¿Dónde? –quiso saber Ally mirando el mural detenidamente.

–¿Qué más da? –contestó PJ encogiéndose de hombros–. Ven, voy a empezar a hacer la cena. ¿Quieres una cerveza o una copa de vino?

–Vino –contestó Ally a pesar de que sabía que no debía beber alcohol.

Tenía que estar despejada, pero una copa de vino

la ayudaría a relajarse, no quería estar tan tensa como estaba, quería ser capaz de relajarse y de no hacer una montaña de un grano de arena.

Así que siguió a PJ hacia la cocina. A pesar de que el mural la había atrapado, no quería seguir mirándolo. Le recordaba el pasado y no quería pensar en el pasado, tenía que pensar en el futuro.

PJ resultaba tan misterioso como el mural. Parecía el mismo y diferente a la vez. En algunas cosas, seguía siendo el chico que ella recordaba, informal, fácil, descalzo, pero era evidente que había cosas de aquel PJ Antonides que no conocía.

Al hombre del traje que la había recibido en su despacho y que le había dicho que no había divorcio no lo conocía de nada. Y aquél era el hombre con el que iba a tener que vérselas.

—Aquí tienes tu copa de vino —le dijo PJ sirviéndole vino tinto.

—Gracias. Eres muy civilizado.

—¿Por qué no iba a serlo?

—Esta tarde no lo parecías en absoluto.

—Porque me ha sorprendido verte.

—¿Por qué no has querido firmar los papeles del divorcio?

—Desde luego, eres monotemática.

—He venido por eso.

—¿No has venido a verme?

Ally se ruborizó.

—Evidentemente, me alegro de verte, pero confieso que... En fin, tienes razón, el divorcio era mi prioridad.

—¿Y no se te ha ocurrido que estaría bien conocerme un poco antes de decidir que no merezco la pena?

Ally abrió la boca, pero la volvió a cerrar.

—No fue así, PJ —contestó por fin—. Conocí a Jon en el hospital cuando mi padre estuvo ingresado. Durante aquellos días, vi lo mucho que trabajaba y lo mucho que se preocupaba por sus pacientes y me enamoré de él.

PJ no dijo nada. Ally no sabía lo que estaba pensando y aquello la desconcertaba, pues el PJ que ella conocía no tenía doblez y era sincero y transparente.

Por lo visto, ya no era así. Aquello la hizo darse cuenta de lo poco que lo conocía ya.

—¿Me has invitado a cenar para que nos conozcamos un poco y ya está? —aventuró.

—No lo sé —contestó PJ.

—¿Qué es lo que quieres? —le preguntó Ally muy molesta.

—¿Tú te crees?

—No tengo ni idea.

—Necesito tiempo para pensar, es evidente. No me gusta hacer las cosas de manera apresurada. Me gusta tener tiempo para sopesar las diferentes opciones y nunca firmo nada sin haberlo pensado bien.

—Excepto los papeles de la boda.

—Sí, excepto eso —contestó PJ riéndose.

—Yo no le veo la gracia, pero, si a ti te parece gracioso, por favor, firma los papeles del divorcio con la misma gracia —le exigió con impaciencia.

—Es demasiado pronto.

—¡Pero si han pasado diez años! —insistió Ally—. ¿Es que acaso hay un tiempo establecido?

–Por mi parte, no –contestó PJ sacando dos chuletones y dos mazorcas de maíz, colocándolos en una fuente y dirigiéndose al jardín–. Eres tú la que lo tiene todo programado.

–Porque estoy prometida –le recordó Ally siguiéndolo.

–Y casada –le recordó PJ parándose ante la barbacoa.

Ally suspiró.

–Sí, ya lo sé. Debería haberlo hecho al revés. Perdón, pero ni siquiera sabía dónde estabas hasta que leí aquel artículo. ¿Se supone que debía parar mi vida hasta encontrarte?

–¿Me has buscado acaso?

–Sí, en la playa.

–Seguro que no tenías muchas ganas de encontrarme

En realidad, había sido todo lo contrario. Ally lo había buscado deseosa de encontrarlo, pero, cuando no había sido así, se había dicho que debía ser práctica, pues nunca se habían prometido esperarse.

–Me habría encantado encontrarte –admitió educadamente.

–Ya –contestó PJ poniendo la carne en la barbacoa.

–¿Y tú? –le preguntó Ally sintiéndose rechazada.

–¿Yo, qué?

–¿Fuiste a buscarme?

–¿Después de lo del desfile? Por supuesto que no –contestó PJ sin dudarlo.

Aquello le dolió a Ally.

–Entonces, deberías estar encantado de perderme de vista.

–Ya veremos –contestó PJ dando un trago directamente de la lata de cerveza.

–¿Por eso me has invitado a cenar?

–Sí.

–¿Y qué puedo hacer para convencerte?

–Intentarlo –contestó PJ sonriendo–. Háblame de ti, quiero saber a qué se debe este giro tan repentino.

–¿A qué giro te refieres?

–¿Por qué quieres pasar de ser una empresaria internacional a convertirte en un ama de casa? –le preguntó PJ con sarcasmo.

Ally decidió que merecía la pena explicárselo.

–Cuando a mi padre le dio el ataque al corazón, yo estaba en Seattle y llevaba diez años sin verlo.

–¿Y en el desfile?

–No fue.

–¿Por qué? –se extrañó PJ.

–Porque en aquel entonces no estaba dispuesto a dar su brazo a torcer, no estaba dispuesto a admitir que su hija se había convertido en lo que ella había querido y no en lo que él había elegido, pero, cuando volví a casa, me recibió con los brazos abiertos. Hablamos por primera vez durante mucho tiempo y, después de aquello, no pude irme. Es todo lo que tengo. Me he dado cuenta de lo mucho que lo he echado de menos, de lo mucho que he echado de menos tener una familia –le contó–. Por primera vez en muchos años, quizás en toda mi vida, dejé de mudarme de casa y de ir de un sitio para otro, dejé de hacer planes, dejé de tener objetivos y, al quedarme con él primero en el hospital y luego en casa, tuve tiempo de pensar en lo que había conseguido en la vida y en lo que todavía me quedaba por hacer y me di cuenta de que quería ser algo más que Alice Maruyama, artista textil y empresaria.

PJ asintió, indicándole que siguiera hablando, que la estaba escuchando. Siempre había sido así, siempre se le había dado bien escuchar a los demás.

–Así que hablé con mi padre sobre la familia, sobre nuestra relación –recordó Ally–. No fue fácil, pero me di cuenta de lo que me estaba perdiendo y entonces... conocí a Jon –concluyó de manera abrupta.

–Y te enamoraste –añadió PJ en tono incrédulo.

–Sí, me enamoré de él. ¿Por qué no? Es un hombre maravilloso.

PJ le dio la vuelta a la carne y no dijo nada, se concentró en los chuletones y en las mazorcas de maíz envueltas en papel aluminio. Parecía tan concentrado en lo que estaba haciendo que Ally pensó que ya no la escuchaba.

–¿Te ayudo? –le dijo.

–Sí, encárgate de la ensalada –contestó PJ–. Ponle lo que quieras, tienes las cosas en el frigorífico. Si no te importa, mete el pan en el horno, por favor. En cuanto esté la carne, la cena estará lista.

Agradecida por tener algo que hacer, Ally se apresuró a volver a la cocina. Al igual que el resto de la casa, las paredes eran de ladrillo visto, los armarios eran de roble y los tiradores de acero, nada que ver con el apartamento que PJ tenía en Oahu.

En aquel entonces, PJ sólo leía libros de terror y manuales de mecánica y la librería de su casa se la había hecho él con cuatro maderas y dos cajas de leche. Ahora, tenía una librería de madera maciza llena de biografías de personajes históricos.

A pesar de que Ally se había repetido una y mil veces que lo único que quería era que le firmara los papeles del divorcio, se encontró sintiendo curiosidad por la vida que llevaba PJ en aquellos momentos.

Ally se puso a hacer la ensalada. De vez en cuando, miraba a PJ. Estar allí haciendo la cena con él le parecía la cosa más normal del mundo. ¿Más normal del mundo? ¡Pero si era surrealista!

Cuando tuvo terminada la ensalada, buscó los platos. La cocina estaba bien provista, lo que la llevó a preguntarse si PJ cocinaría a menudo para otras mujeres. Entonces, se acordó de Annie Cannavaro.

Ella le había hablado de Jon, pero PJ no le había hablado de ninguna otra mujer. Según el artículo que había leído en la prensa, salía con muchas. Tal vez, no hubiera ninguna especial en su vida. ¿Le diría la verdad si se lo preguntara?

–¿Y cómo es que decidiste dedicarte al arte textil? –le preguntó PJ entrando con la carne–. Recuerdo que hacías cosas en la playa, pero lo cierto es que me sorprendió cuando me enteré de que te estabas ganando la vida profesionalmente con ello.

–Estando en California, me puse a trabajar en una tienda de telas mientras iba a la escuela de Arte y me apeteció explorar, tenía acceso a cosas que normalmente no tienes, así que me dediqué a experimentar.

–Lo mismo que hacía yo con las velas de windsurf. Te comprendo. Sigue. Te escucho.

Ally dudó. Aunque se sentía a gusto contándole cómo aquella chica soñadora que había sido había conseguido hacer sus sueños realidad, era consciente de que aquélla no había sido su intención cuando había aceptado cenar con él.

–Tenemos diez años sobre los que ponernos al día, así que habla –le dijo PJ leyéndole el pensamiento–. ¿O es que acaso te da...?

–¿Miedo? –lo interrumpió Ally sonriendo.

PJ sonrió también.

–Muy bien, te haré un resumen –accedió contándole lo que le había preguntado.

Y, mientras hablaba, se dio cuenta de que hacía mucho tiempo que no compartía sus inquietudes con nadie. Su tía Grace estaba tan orgullosa de los logros de su sobrina que nunca le preguntaba nada, su padre se contentaba con tenerla cerca ahora que estaba enfermo y Jon tenía cosas más importantes que hacer que ocuparse de sus «proyectos de costura». No se lo había dicho directamente, pero Ally sabía que le parecía mucho más importante salvar vidas.

Lo cierto era que Jon no solía hacerle muchas preguntas. A diferencia de PJ, que no paraba.

Y Ally siguió contestando. Tal vez, lo hizo porque estaba orgullosa de lo que había conseguido, tal vez para hacerle entender que había aprovechado realmente la oportunidad que le había dado al casarse con ella, tal vez para demostrarle que no era la mujer inmadura y grosera con la que se había encontrado hacía cinco años o, tal vez, tuvo que admitirse a sí misma, fue porque, por fin, alguien la escuchaba de verdad.

Para cuando terminaron de cenar, Ally había hablado mucho, pero PJ apenas le había contado nada.

–Bueno, ya basta de hablar de mí. Ahora te toca a ti.

Quizás acabara de abrir la caja de Pandora, pero necesitaba saber más cosas sobre el hombre que era su marido.

–Ya leíste el artículo –contestó PJ poniéndose en pie y comenzando a recoger la mesa.

–Aquello no era más que bla, bla, bla –insistió Ally–. Tú mismo lo dijiste.

–Lo básico era correcto –contestó PJ–. ¿Quieres más vino?

–No, gracias –contestó Ally pensando de repente en que, a la mañana siguiente, tendría que hablar con Jon, que, sin duda, le preguntaría de nuevo sobre el divorcio.

–Veo que no me quieres hablar de lo que has hecho durante estos años –insistió.

–Trabajar, jugar al fútbol de vez en cuando e ir a Long Island a hacer surf cuando tengo un fin de semana libre.

–¿Me estás diciendo que llevas vida monacal? –bromeó Ally.

–Hago lo que puedo –contestó PJ sonriendo.

Ally puso los ojos en blanco. No era eso lo que decía el artículo, pero, antes de que le diera tiempo de insistir, llamaron al timbre.

–¿Quién será? –se preguntó PJ en voz alta.

Ally se puso en pie dispuesta a irse, pero PJ negó con la cabeza.

–Siéntate –le dijo–. No sé quién será, pero ahora mismo me deshago de quien sea.

Ally dudó. Mientras PJ iba a abrir la puerta, pensó que debía irse. Era evidente que PJ no se iba a dejar convencer para que firmara los papeles del divorcio y, aunque estaba muy a gusto con él, no era buena idea quedarse más tiempo.

Aquello la estaba desviando de su objetivo, la estaba haciendo volver a la complicidad y la confianza que habían tenido y, lo peor de todo, la estaba haciendo recordar la noche que había pasado haciendo el amor con él.

Pero aquello era el pasado y Jon era el futuro, no debía olvidarlo.

En aquel momento, oyó voces. Por lo visto, PJ no se había podido quitar de encima a la persona que había llamado a la puerta.

–¡No me lo puedo creer! –exclamó una mujer desde la puerta de la cocina, mirando fijamente a Ally.

Ally se encontró ante a una mujer menuda de alrededor de treinta años de pelo negro e increíbles ojos oscuros.

Aquellos ojos la escudriñaron y miraron a PJ de manera acusadora.

–Entonces, ¿es verdad? ¿Estás casado?

# Capítulo 4

YA TE LO había dicho –contestó PJ apareciendo tras ella.

–Ya, pero como siempre me estás mintiendo... –comentó la mujer girándose hacia Ally–. ¿Así que tú eres la mujer de PJ? –le preguntó.

El desafío de sus palabras hizo que Ally se pusiera en pie.

–Sí –contestó mirándola a los ojos intensamente–. ¿Y tú quién eres? –añadió.

–¿Yo? –se sorprendió la otra–. Yo soy Cristina.

–Es mi hermana –intervino PJ.

–¿Te imaginas tener a estos dos a la vez? Son gemelos –intervino una tercera persona.

Se trataba de un hombre de unos treinta años que había aparecido detrás de PJ empujando una sillita de bebé.

¿Gemelos? Pero si no se parecían absolutamente en nada. PJ era alto mientras que Cristina era baja. Ella tenía los ojos marrones y él los tenía verdes. Era cierto que los dos tenían el pelo oscuro, pero ése era el único parecido entre ellos.

–Soy Mark, el marido de Cris –se presentó el recién llegado–. Y éste es Alex –añadió presentándole a su hijo–. ¿Cómo te llamas?

–Ally –contestó la aludida sonriendo y guiñándole el ojo al niño–. Ally Maruyama... Antonides.

–¡Ja! ¿Y de dónde has salido? –le espetó Cristina.

–Tranquila, Cristina –le dijo su hermano–. Ally ha venido desde Hawái –le explicó mirándola muy serio para que se callara–. ¿Queréis una copa de vino? Habéis llegado justo a tiempo de tomar el postre con nosotros. Hay piña.

–No cambies de tema, PJ –insistió Cristina mirando a Ally como si se la fuera a comer–. Si es tu mujer...

–Es mi mujer.

–Entonces, quiero saberlo absolutamente todo sobre ella. No le creímos cuando nos dijo que se había casado –le dijo a Ally–. Creímos que lo hizo para evitar a las mujeres con las que papá y mamá intentaban emparejarlo.

–Creo que me voy a tomar una cerveza –comentó Mark–. Siéntate –le indicó a su esposa–. Estás poniendo nerviosa a Ally.

–Si no tiene nada que esconder, no tiene por qué ponerse nerviosa –contestó Cristina.

–¿Y qué iba a tener que esconder? –le preguntó su marido visiblemente intrigado.

–¿Quién sabe? Dónde ha estado, lo que estaba haciendo, por qué ha vuelto ahora –se le ocurrió a Cristina–. A lo mejor ha vuelto por el dinero de PJ.

–Desde luego, no creo que haya vuelto para conocer a su maravillosa hermana –contestó Mark sonriendo–. Cristina puede ser un poco, eh, protectora.

–Mi hermana cree que me tiene que sacar las castañas del fuego –intervino PJ en tono seco mientras le entregaba una cerveza su cuñado.

–Porque soy mayor que tú –le recordó Cristina.

–Sólo cuatro minutos –remarcó PJ poniendo los ojos en blanco.

–Pero estoy casada...

–Yo, también.

–Sí, es cierto, pero no vives con tu esposa. Yo, sin embargo, vivo con Mark y tengo un hijo con él, así que tengo mucha más experiencia doméstica que tú –le espetó con una sonrisa de superioridad–. Además, yo sólo quiero lo mejor para ti, así que vete al jardín con mi marido a hablar de su viaje, de béisbol, de barcos o de lo que os dé la gana y deja a tu hermana que haga lo que tiene que hacer. ¡Venga, fuera!

Ninguno de los dos hombres se movió.

–Vete –le dijo Ally a PJ–. No me va a pasar nada. Puedo hablar con tu hermana perfectamente. No te necesito para que me defiendas.

PJ enarcó las cejas, pero Ally insistió. Lo cierto era que le apetecía hablar con la hermana de PJ. Ahora que sabía que no era uno de sus ligues, que aquella mujer no era una amenaza...

¿Amenaza? Ally dio un respingo ante sus propios pensamientos y se dijo que no tenía ningún interés en la vida amorosa de PJ. Era su mujer solamente sobre el papel, así que no era de su incumbencia si PJ salía con otras mujeres o no.

Lo cierto era que también sentía curiosidad por conocer a la hermana de PJ, pues él solamente le había contado que había crecido en una dicharachera familia estadounidense de ascendencia griega, que su hermana gritaba mucho y no paraba de hablar y que siempre había tenido que compartir habitación con sus hermanos.

Ally, acostumbrada a la soledad, al silencio y al espacio vacío, había sentido envidia de la infancia de PJ y, aunque le había hecho preguntas, él no le había contado nada. Ahora tenía la oportunidad de preguntar lo que quisiera.

–Es evidente que eres muy guapa y que mi hermano se debió de enamorar de ti inmediatamente, pero lo que no acabo de entender es por qué no seguisteis juntos –comentó Cristina devolviéndola al presente.

Ally decidió contarle la verdad, así que se sumió en la narración de las exigencias de su padre, que había insistido en decirle lo que debía estudiar en la universidad, que le había dicho qué trabajo debía tener al terminar los estudios y se había atrevido incluso en apuntar con qué hombre se tenía que casar.

–¡Padres! –exclamó Cristina–. ¡Son todos iguales! El mío es así también. Se creen que lo saben todo y no tienen ni idea.

Su indignación se evaporó cuando Ally le habló de la herencia de su abuela y de cómo la había utilizado para no tener que plegarse a las exigencias de su padre.

–Yo no quería ser la persona que él quería que fuera, quería ser yo misma, quería viajar y encontrarme, pero no podía hacerlo sin dinero y, para heredar el dinero de mi abuela, me tenía que casar...

–¡Y PJ se casó contigo! –exclamó Cristina aplaudiendo satisfecha.

El escepticismo y la animadversión inicial que había sentido hacia Ally se evaporaron.

—Vuestra historia es maravillosa —comentó sinceramente—. ¿Y qué hiciste luego?

Y Ally le contó cómo había utilizado a PJ para tener acceso a su herencia, a los estudios que ella quería, a viajar, a aprender y a trabajar para convertirse en la persona que era actualmente, lo que le ganó la simpatía incondicional de Cristina.

—Esto es maravilloso. ¡Mi hermano es un héroe! —añadió visiblemente emocionada.

—Sí, la verdad es que sí —contestó Ally mirando a PJ.

—Y tú tuviste que irte, claro —continuó Cristina—. Tuviste que irte para encontrarte a ti misma. Supongo que PJ se quedaría destrozado.

—No, no creo.

—¿Cómo que no?

—Nuestro matrimonio no era de verdad —le recordó Ally.

—Claro, se me había olvidado que erais muy jóvenes. Mi hermano, en aquella época, sólo pensaba en su independencia... pero ahora... os habéis vuelto a encontrar... los dos sois mayores e independientes —añadió.

—Sí —contestó Ally encantada de que la hermana de PJ comprendiera.

Ahora le podría explicar por qué había vuelto, por qué tenían que separarse de nuevo.

—¡Así que has vuelto con él! —suspiró Cristina—. Qué romántico —se emocionó—. ¿Quién me iba a decir a mí que PJ era un romántico?

–¡No lo es! –exclamó Ally.

Cristina la miró confusa.

–¿Cómo que no? ¿Y por qué le pidió a Martha que pintara el mural? Ahora lo entiendo –reflexionó–. Sí, mi hermano es un romántico y tú, también.

Ally sólo había actuado de manera romántica una vez en su vida, la noche que había compartido con PJ. Antes de aquello y después de aquello, había sido siempre una persona realista. Pedir el divorcio y no pedir lo imposible demostraba que era realista. Ser realista era casarse con Jon, un hombre que quería las mismas cosas que ella en la vida, un hombre que sentía por ella lo mismo que ella sentía por él. Ally se dio cuenta de repente de que, al final, se había convertido en la hija que su padre siempre había querido que fuera.

–Yo tampoco soy una persona romántica –confesó.

Pero la hermana de PJ no estaba de acuerdo y así se lo hizo saber.

–¿Cómo que no eres romántica? Haber venido a buscarlo como lo has hecho...

–Mi intención no...

–Te entiendo perfectamente, no quieres asustarlo, claro –le confió Cristina bajando la voz–. Los hombres se suelen morir de miedo ante ciertas cosas, pero, aunque todavía a lo mejor él no se ha dado cuenta, te aseguro que mi hermano está listo para casarse. Está centrado y establecido y le encantan los niños. Deberías verlo con sus sobrinos.

Ally llevaba un rato viéndolo jugar con Alex a través de las cristaleras.

–PJ será un padre maravilloso –comentó Cristina–. ¿Vais a tener hijos pronto?

–¡No! –exclamó Ally.

–Perdón, no debería haberte preguntado algo tan personal. Lo importante es que has vuelto y ya está. Lo que tenga que ocurrir, ocurrirá.

–Claro –tartamudeó Ally.

Tenía que contarle a aquella mujer la verdad, el verdadero motivo que la había llevado hasta allí, pero las palabras no salían de su boca. Entonces, se dio cuenta de que no era asunto suyo contárselo. Se lo tendría que contar su hermano. Al fin y al cabo, había sido él quien le había dicho que estaba casado, así que le iba a tocar a él decirle que se iba a divorciar.

–Mis padres van a estar encantados –continuó Cristina–. Mamá está como loca por conocerte.

–¿Cómo? –se horrorizó Ally–. ¡Oh, no!

–No te la vas a poder quitar de encima. No sabes cómo está de contenta. Cuando se ha enterado de que has aparecido, se ha puesto como loca. Ella siempre creyó a mi hermano cuando dijo que estaba casado. Mi padre, sin embargo, creía que incluso había falsificado la licencia. Nuestra abuela, Yiayia, le decía que PJ era capaz de mentir en una cosa tan importante.

¿Se lo había contado a toda su familia? Ally sentía que la cabeza le daba vueltas. Razón de más para que fuera PJ quien les anunciara el divorcio. Ella no debía decir nada.

–No te preocupes, todo saldrá bien –la tranquilizó Cristina–. El único que se va a mostrar disgustado será papá.

Estupendo, otra persona opinando sobre el asunto.

–Nunca se ha dado por vencido. Ahora quiere que PJ se case con Connie Cristopolous. Su familia va a venir a pasar el fin de semana con nosotros. Pobre papá... claro que le está bien empleado por no haber creído a su hijo –recapacitó encogiéndose de hombros–. Bueno, da igual. A lo mejor al principio está un poco raro, pero, al final, estará encantado de no tener que buscarle mujer a su hijo. Así, podrá dedicarse a navegar y a jugar al golf.

Antes de que a Ally le diera tiempo de contestar, Mark abrió la puerta corredera que comunicaba con el jardín.

–Alex se está quedando dormido –anunció.

–Sí, vámonos –contestó Cristina muy sonriente–. Seguro que estos dos quieren quedarse solos –añadió mirando a su hermano, que la miraba confuso–. Me encanta tu mujer, me ha caído fenomenal –añadió acercándose a él y besándolo en la mejilla.

–Entonces, ¿ha pasado el examen?

–Pues claro que sí –contestó Cristina–. Sabías perfectamente a quién elegías cuando te casaste con ella de manera tan romántica.

–¿Yo?

–Sí, tú, romántico empedernido –continuó su hermana con aire soñador–. Maravilloso caballero que acudió al rescate de su dama...

–¿Caballero? –se burló Mark.

–Sí, todo un caballero –insistió Cristina–. Venga, vámonos, ya te contaré toda la historia en el coche –añadió agarrando a su esposo del brazo–. Me encantaría que me hablaras de tus obras de arte y de tu ropa algún día –le dijo a Ally desde la puerta–. No hemos tenido tiempo de hablar de eso –le explicó a PJ–, pero ya nos pondremos al día durante el fin de semana.

–¿El fin de semana? –le preguntó Ally.

–Todo el mundo querrá hablar contigo, pero yo tengo preferencia.

–Yo no...

–¿Vais a ir el viernes? –le preguntó Cristina a su hermano.

–Sí –contestó PJ.

–¡No! –exclamó Ally.

–Tenemos que hablarlo –añadió PJ.

Cristina se rió.

–Nosotros llegaremos el sábado –le dijo a su hermano–. Nos vemos allí.

–Sí –contestó PJ.

–¡No! –contestó Ally.

–Esto va a ser muy divertido –comentó Cristina corriendo hacia Ally, tomándola de las manos y plantándole un beso en la mejilla–. Sólo quiero que sepas que me alegro mucho por vosotros –le dijo–. Bienvenida a la familia –añadió con lágrimas en los ojos.

# Capítulo 5

**N**O PIENSO ir a casa de tus padres –declaró Ally en cuanto se cerró la puerta.

–Al...

–¡No! –exclamó Ally–. ¡Lo has hecho adrede!

–¿A qué te refieres?

–¡Me has engañado! ¡Has invitado a tu hermana para que se llevara una impresión errónea de lo que hay entre nosotros y, de esa manera, me ha acorralado para que vaya a casa de tus padres, pero no pienso ir!

–Yo no he invitado a mi hermana –le aseguró PJ.

–¡Ya! ¿Y entonces por qué sabía que yo estaba aquí?

–Porque me invitaron a cenar esta noche en su casa y le he dicho a Rosie que los llamara para decirles que no podía porque tenía otro compromiso.

–¿Y tu secretaria les ha dicho que habías quedado conmigo? –se indignó Ally.

–Supongo –contestó PJ encogiéndose de hombros–. En cualquier caso, si ha sido así, ha sido culpa tuya. Eso te pasa por presentarte en mi despacho como mi mujer.

Ally apretó los dientes. PJ tenía razón.

–¿Me ha parecido que toda tu familia sabe de mi existencia o han sido imaginaciones mías?

–Todos saben de tu existencia, efectivamente.

–¿Por qué?

–Porque, cuando volví a casa, mis padres empezaron a presentarme a una mujer detrás de otra. Les dije que no me interesaba ninguna y me preguntaron si era homosexual –recordó PJ–. Les podría haber dejado creyendo eso, pero me pareció justo contarles la verdad, así que les dije que estaba casado.

–¿Y no quisieron que les presentaras a tu mujer?

–Claro que sí, pero no podía porque no sabía dónde estabas, así que les conté una versión resumida de lo que había sucedido, les conté que nos habíamos conocido en Hawái, que nos hicimos amigos, que tú necesitabas casarte para librarte de tu padre y que me casé contigo.

Ally lo miró estupefacta.

–¿Y les pareció bien?

–Bueno, no les pareció la mejor situación del mundo, pero la aceptaron alegremente. Ellos hubieran preferido conocerte y que hubiéramos tenido muchos hijos, pero no dijeron nada.

Ally se imaginó la misma situación pero al revés y tuvo la certeza de que su padre hubiera dicho mucho y nada agradable. Confusa y nerviosa, comenzó a pasearse por el salón. Lo cierto era que jamás se había puesto a pensar en cómo le habría afectado su matrimonio a PJ. Sólo había pensado en ella, en sus necesidades y en sus esperanzas.

–Por supuesto, querían conocerte, quería saber

dónde estabas y cuándo íbamos a volver a estar juntos —continuó PJ.

—¿Y qué les dijiste?

—Qué no lo sabía —contestó PJ—. La verdad.

Ally hizo una mueca de disgusto. Se sentía atrapada.

—Tu hermana cree que voy a ir a la reunión familiar contigo.

—Normal.

—¿Y qué van a decir cuando nos divorciemos?

—¿No se lo has dicho tú a Cristina?

—Claro que no. Eso te toca hacerlo a ti.

—¿A mí?

—Sí, tú les dijiste que estabas casado y tú les debes decir que te vas a divorciar.

—No, yo no me voy a divorciar. La que se quiere divorciar eres tú.

—Sí, tienes razón. ¡Soy yo la que se quiere divorciar, pero no me ha parecido bien anunciarlo nada más conocer a tu hermana! Cristina no me ha preguntado por qué he vuelto, ha dado por hecho que he vuelto para quedarme contigo y ahora cree que voy a ir a pasar el fin de semana contigo.

—¡Fíjate!

—Le podrías haber dicho que no iba a ir.

—Yo quiero que vengas.

—¿Cómo? Oh, venga ya, por favor, PJ.

—¿Por qué no? Es una reunión familiar y tú eres miembro de esta familia.

—¡PJ!

—Legalmente, lo eres. Deberías venir para que te conocieran mis padres, para que sepan que eres de verdad, que no me he inventado que existes –insistió PJ.

–Si lo hiciera, alimentaría sus expectativas –murmuró Ally.

–Sálvame de las garras de Connie Cristopolous –imploró PJ.

–Por favor, te puedes salvar de ella tú solo, seguro –contestó Ally poniendo los ojos en blanco.

–Me debes un favor.

Ally se quedó en silencio unos minutos.

–Maldita sea –murmuró apretando los dientes–. No tendría que haber venido. Te tendría que haber mandado los malditos papeles por correo –añadió paseándose nerviosa por el salón, pues se sabía sin salida–. Si voy a casa de tus padres, las cosas no harán sino empeorar. Si voy contigo, creerán que estamos juntos y, cuando les digas que nos vamos a divorciar, lo pasarán peor.

–¿Y por qué les voy a decir que nos vamos a divorciar?

–¡Porque nos vamos a divorciar!

–Yo no me quiero divorciar.

–¡Maldita sea! –exclamó Ally–. ¿Por qué no? Y no me digas que es porque tienes miedo de la tal Connie.

–Eso, para empezar.

–No tendría que haber venido a Nueva York –insistió Ally–. ¡No tendría que haber venido a cenar contigo! Me tengo que ir –anunció agarrando su bolso y dirigiéndose a la puerta.

–¿Dónde vas con tanta prisa? –le preguntó PJ cortándole el paso.

–¿Para qué me voy a quedar? No está sirviendo de nada.

–¿Cómo que no? Nos está sirviendo para volver a conocernos.

–Perfecto –comentó Ally con aire sarcástico–. PJ, ya basta. Mira, confieso que no he sabido hacer las cosas, tendría que haberme divorciado antes de dejar que la relación con Jon fuera tan lejos, pero no sabía dónde estabas y las cosas... en fin, la enfermedad de mi padre ha acelerado todo, y Jon y yo...

–Jon y yo, Jon y yo –se burló PJ–. Por cierto, ¿dónde está tu querido Jon? ¿Por qué no ha venido contigo si tanto te quiere!

–¡Porque está ocupado! ¡Es médico! –exclamó Ally–. ¡No tiene tiempo de ir por ahí buscando al que pronto será mi ex marido!

–¿Y tiene tiempo para ti?

–¡Pues claro que sí! Cuando yo estoy con él, trabaja menos –contestó Ally sinceramente–. Me quiere y yo lo quiero y queremos casarnos, tener hijos y darle a mi padre un nieto. Mi padre quiere conocer a su nieto, pero está mal de salud, así que no tenemos mucho tiempo.

–Entonces, quédate conmigo. Ya estamos casados.

–¿Cómo?

–Ya estamos casados –insistió PJ–. Tenemos mucho tiempo ganado. Podríamos formar una familia, tener hijos, ¿qué te parece?

A Ally le entraron ganas de ponerse a gritar y lo peor de todo fue que en una diminuta y loca parte de su cerebro le apetecía contestar que sí. Si se lo hu-

biera pedido diez años atrás, después de la maravillosa noche de pasión y ternura que habían pasado
juntos, le habría dicho que sí sin dudarlo porque
aquel PJ la había acariciado con reverencia y cariño
y podría haber creído que la quería, pero ¿el PJ de
ahora?

Era evidente que el PJ de ahora estaba jugando
con ella. Por supuesto que quería que fuera a casa
de sus padres con él. Así, se libraría de su padre y de
Connie de un plumazo. De hecho, seguramente querría permanecer casado con ella para siempre para
no tener que afrontar posibles compromisos con
otras mujeres, pero en todo aquello no había amor
por ninguna parte.

–Debería ir contigo y, luego, volverme a Hawái y
dejarte para que te las arreglaras tú solito. Te estaría
bien empleado –le advirtió–. ¿Sabes que tu madre
sabe que estoy aquí?

–No, la verdad es que no lo sabía, pero tampoco
me sorprende porque Cristina nunca ha podido guardar un secreto.

–¿Esperabas que lo hiciera?

–No, la verdad es que no.

Aquélla fue la gota que colmó el vaso. Lo tenía
todo planeado, la había manipulado. Era evidente
que había invitado a Cristina para que Ally se sintiera obligada a ir a casa de sus padres. ¡Lo extraño
era que la señora Antonides en persona no se hubiera presentado allí!

«Cuidado con lo que pides porque se puede hacer
realidad», pensó Ally con malicia.

–Muy bien, iré contigo. Así que quieres que conozca a tus padres, ¿eh? Pues muy bien, iré a conocerlos. Voy a ser tu mujer durante el fin de semana, seré dulce, encantadora y maravillosa, pero después estaremos en paz. ¡Te voy a devolver el favor que me hiciste y, después, pediré el divorcio!

Inmediatamente después de haber accedido a ir a pasar el fin de semana con su familia, Ally insistió en pedir un taxi para volver al hotel.

PJ no puso objeción, pues sabía que la había presionado demasiado. Sus años de surf le habían enseñado muchas cosas. Entre ellas, que no se puede pretender controlar todo, que hay que saber esperar y que hay elegir el momento preciso para entrar a por la ola.

Así que lo único que hizo fue insistir en acompañarla y, aunque a Ally no le pareció necesario, se encogió de hombros y dejó que lo hiciera. Una vez frente su hotel, PJ insistió también en pagar el taxi y en acompañarla hasta su habitación.

—No hace falta –se indignó Ally–. En Hawái no solías acompañarme.

—Eso era entonces y esto es ahora –contestó PJ.

—Como quieras, pero no te pienso invitar a pasar –le advirtió Ally.

PJ tampoco esperaba que lo hiciera, así que se limitó a seguirla hasta el ascensor y por el pasillo que llevaba hasta su habitación y a esperar en silencio a que abriera la puerta.

—Nos vemos el viernes por la tarde, entonces. Vendré a recogerte –se despidió.

–Me sigue pareciendo una locura. ¿Cómo le vas explicar las cosas a tu familia cuando me haya ido? No sabes lo que me has pedido.

PJ sabía muy bien lo que le había pedido. La que no lo sabía era ella.

–Llámame si te aburres mañana.

–No creo que me aburra porque tengo que ir a ver a la propietaria de una galería.

–¿A quién?

–Se llama Gabriela del Castillo –contestó Ally.

Aquel nombre le era familiar a PJ. Probablemente, su hermana Martha le hubiera hablado de ella.

–Gracias por la cena –se despidió Ally–. Y por haberme presentado a tu hermana.

–Ha sido un placer –contestó PJ sonriendo.

–Buenas noches.

–Buenas noches –se despidió PJ educadamente–. Ally –le dijo cuando estaba a punto de cerrar la puerta.

–¿Qué? Ya te he dicho que no te iba a invitar a pasar. Tengo que trabajar, tengo que llamar a Jon y tengo cosas en las que pensar. ¿Qué quieres?

–Sólo... una cosa... –dudó PJ– esto.

PJ no era hombre de tener las cosas planeadas. Era una persona de actuar primero y pensar después, era una persona que creía en la espontaneidad y en la naturalidad aunque, a veces, aquella forma de actuar lo hubiera llevado a hacer locuras. Por ejemplo, casarse.

Ahora lo había llevado a estar besando a Ally.

Sí, estaba besando a Ally. Llevaba diez años soñando con besarla y ahora, por fin, estaba besando sus labios, cálidos y suaves. Aquellos labios se resistieron al principio, se empeñaron en no dejarlo pasar, pero PJ insistió con la lengua y, al final, consiguió introducirse en su boca. Ally intentó hablar, pero él no se lo permitió, aprovechó que había abierto la boca para tomar aire y se apoderó de ella.

Cuanto más tenía, más quería. Cuantos más recuerdos acudieron a su mente, más le pareció que la mujer que tenía entre sus brazos se derretía contra él. Su cuerpo se endureció en respuesta y comenzó a latirle el corazón de manera acelerada.

¡Quería acostarse con ella! ¡Lo necesitaba! Y sabía que ella, también. Lo sentía en su cuerpo, pegado al suyo. ¡Oh, sí!

PJ decidió profundizar el beso, pero, en el mismo instante en el que lo hizo, Ally se apartó de él y lo miró con los ojos muy abiertos, con las mejillas sonrosadas y con el pulso acelerado.

—Eso ha sido completamente innecesario —le espetó con frialdad.

—¿De verdad? —contestó PJ sonriendo—. A mí no me lo ha parecido —añadió—. Coméntaselo a Jon cuando hables con él.

Y, dicho aquello, se giró y se fue.


—El mensaje que me dejaste en el contestador anoche era un poco confuso —dijo Jon—. Me pareció entender que te ibas a quedar unos días más.

Ally, que había contestado al teléfono aunque estaba dormida, no se estaba enterando de lo que estaba oyendo. Mientras intentaba despejarse un poco, consultó el reloj que tenía en la mesilla de noche.

¿Las nueve y media de la mañana? ¡Nunca dormía hasta tan tarde! Claro que, normalmente, no se pasaba la mitad de la noche despierta preguntándose si se había vuelto loca.

La noche anterior, nada más cerrar la puerta, se había apoyado en ella con la respiración entrecortada. Nada de lo que estaba sucediendo tenía sentido. No estaba preparada para vérselas con PJ y no entendía por qué se negaba a firmar los papeles del divorcio y, sobre todo, no entendía por qué le presentaba a su hermana, le pedía que fuera conocer a su familia y la besaba.

Dios mío, qué beso.

El dique que había mantenido sujetos diez años de recuerdos y de deseos había cedido ante aquel beso y Ally no se había podido resistir y, cada vez que había cerrado los ojos durante la noche, lo había vuelto a sentir, había vuelto a sentir su boca, sus labios y su cuerpo. Se había sentido marcada y poseída y, sin pensarlo, había respondido tal y como lo había hecho una única vez en su vida.

Aquella noche, su noche de bodas. Y lo había revivido todo, aquella noche y todo lo demás y así había estado durante horas. No era de extrañar que no se hubiera dormido.

–¿Me estás oyendo? –le preguntó Jon–. ¿He entendido bien el mensaje?

–Sí, claro que te estoy oyendo y, sí, has entendido bien el mensaje –contestó Ally incorporándose y apoyándose en el cabecero–. Me voy a quedar a pasar el fin de semana.

–¿Y la fiesta del hospital del sábado? No te habrás olvidado.

Pues sí, se había olvidado por completo.

–Me dijiste que no ibas a poder ir –le recordó–. Cuando estaba preparando el viaje, te pregunté por la fiesta y me dijiste que no ibas a poder ir porque estabas muy ocupado.

–Estoy muy ocupado, pero voy a tener que ir a la fiesta porque Fogarty dice que todo el mundo espera que vaya.

Fogarty era el jefe de servicio de PJ y todo el mundo hacía lo que él quería.

–Pues tendrás que ir, pero solo porque yo no voy a estar.

–Ally, ¿qué pasa?

–Ha surgido una cosa importante.

–¿Qué es más importante que la fiesta? La fiesta del hospital es importante, Alice.

No lo había sido hasta que Fogarty así lo había decidido.

–Ya lo sé. Por eso, precisamente, te pregunté si ibas a poder ir. Yo... tengo cosas que... cerrar aquí.

–Ya sé que es muy importante para ti ver a Gabriela, pero también puedes exponer en otros sitios. ¿Cómo vas a hacer para tener todas las tiendas surtidas cuando estemos casados y tengamos hijos?

Ya habían hablado de aquel tema en otras ocasiones. Ally tenía muy claro que quería ocuparse personalmente de sus hijos y tenía la suerte de poder contar con Jon para la parte económica. Sin embargo, hasta que llegara aquel momento, quería trabajar, dibujar, pintar, diseñar y coser.

—Cuando tengamos hijos, serán mi prioridad –afirmó–, pero, de momento, me tengo que quedar aquí hasta el lunes.

Jon había dado por hecho que lo que la retenía durante el fin de semana en Nueva York era su cita con Gabriela del Castillo y Ally prefirió no contarle la verdad.

—Tu padre se va a llevar un disgusto. Contaba con verte mañana.

—Ya lo sé –contestó Ally sintiéndose culpable–. Bueno, le veré el lunes. Si vas a verlo hoy, dale un beso de mi parte.

—No creo que tenga tiempo. Hoy tengo un día de locos.

—Entonces, lo llamaré por teléfono. Te llamaré en cuanto sepa en qué vuelo llego el lunes.

—Muy bien aunque no creo que pueda ir a buscarte. Bueno, te tengo que dejar. Tengo quirófano en menos de una hora.

—Muy bien. Siento mucho lo del fin de semana. Te quiero.

Pero Jon ya había colgado.

Ally se quedó sentada en la cama. Se sentía mal. Había decepcionado y defraudado a Jon. Aquel hombre confiaba en ella y la quería, pero no podía contarle lo que había sucedido en realidad, no podía contarle que PJ se había negado a firmar los papeles del divorcio, que la había sorprendido invitándola a cenar a su casa, que le había presentado a su hermana, que la había encandilado, que iba a cono-

cer a sus padres y que estaba nerviosa ante el encuentro familiar.

Y, por supuesto, no podía contarle que la había
besado.

Cada vez que recordaba aquel beso, se ponía nerviosa. ¿Volvería a besarla durante el fin de semana?
¿Quería ella que la besara? ¿Y por qué la besaba?
Era evidente que no la quería. ¿Y ella? ¿Seguía enamorada de él? Y, si lo estaba, ¿qué iba a hacer?

# Capítulo 6

TODO el mundo en la oficina sabía de la llegada de Ally.

PJ sabía que Rosie se lo había dicho a su hermana. De hecho, había querido que así lo hiciera, pero tampoco hacía falta que se lo contara a todos los demás.

Cuando PJ entró en el despacho el jueves por la mañana, todas las conversaciones cesaron y Rosie y los demás lo miraron.

–¿Reunión secreta? –bromeó PJ–. ¿O, tal vez, os habéis quedado sin palabras porque os encanta mi corbata? –añadió en tono sarcástico.

Uno de los arquitectos sonrió.

–No es mi estilo, lo siento, jefe.

Los demás se sonrojaron y murmuraron una excusa antes de desaparecer, dejando a Rosie con el jefe.

–¿Se lo has contado a todo el mundo? –le recriminó PJ.

–No ha hecho falta. Mark ha pasado por aquí esta mañana –le explicó la secretaria.

–Ah, perdona –se disculpó PJ encaminándose a su despacho.

No había pegado ojo en toda la noche, se había pasado horas deambulando por la casa, recordando, tumbándose en la cama, volviéndose a levantar, reviviendo.

En consecuencia, no estaba de humor y lo sabía.

–Ryne Murray está citado a las nueve –le recordó Rosie.

–Llámame en cuanto llegue –contestó PJ cerrando la puerta de su despacho.

No fuera a ser que a Rosie le diera por preguntar cosas personales y privadas, y no era que a PJ le importaran las preguntas, el problema era que no tenía respuestas. Era consciente de que su secretaria le iba a preguntar por Ally y, en lo que a ella concernía, no tenía respuestas.

Bueno, aquello no era del todo cierto.

Tenía una... seguía deseándola.

Se había casado con ella sin esperar nada a cambio y eso era, más o menos, lo que había obtenido. Nada más salir del juzgado en el que se habían casado, le había propuesto a Ally que se fueran a comer para celebrarlo, pero ella había sonreído trémulamente y le había dicho que tenía que ir a casa a comunicárselo cuanto antes a su padre. Cuando PJ se había ofrecido a acompañarla para darle apoyo moral, le había explicado que, seguramente, su padre no se iba a tomar bien la noticia, así que PJ se había ido a casa.

Era evidente que el hecho de haberse casado con él no significaba nada para Ally. PJ había intentado comprender su deseo de libertad y lo había hecho. Él había tenido el mismo al separarse de su familia.

Menos mal que no se había visto obligado a casarse con otra persona para conseguir ser libre. Si Ally quería mantener las distancias, era asunto suyo. Además, antes de despedirse, Ally le había dicho que se iba a la mañana siguiente y que, probablemente, no volverían a verse.

Así que PJ se había ido a casa y allí estaba cuando a última hora de la tarde habían llamado a la puerta. La última persona a la que había esperado encontrar allí había sido Ally, que le había pedido que le hiciera el amor.

—Estamos casados y... no sé... no me siento casada realmente, así que se me ha ocurrido que, a lo mejor... si hiciéramos el amor...

PJ había sonreído encantado, pensando que la suerte le sonreía y había aceptado la responsabilidad, porque hacerle el amor a Ally era toda una responsabilidad. Para empezar, porque estaba seguro de que era virgen y, para seguir, porque confiaba en él, así que debía amarla como se merecía.

PJ había hecho el amor con unas cuantas mujeres, pero hacer el amor con Ally resultó una experiencia completamente diferente. Lo comprendió desde el principio. A medida que le fue desabrochando la camisa, se dio cuenta de que le temblaban los dedos y, mientras la besaba por el cuello y la oía gemir, notó que el corazón le latía de manera acelerada.

Cuando, por fin, pudo sentir su piel, cálida como pétalos de rosas, suspiró de manera apasionada y comenzó a acariciarla. Sus pechos, pequeños pero perfectos, se le antojaron dos maravillas de la Naturaleza y, cuando Ally se arqueó, le tomó los pezones entre los labios y sintió que el deseo se apoderaba de él con tanta fuerza que estuvo a punto de traicionarlo allí mismo.

Así que había tenido que apartarse para recuperar el control. A continuación, fue besándola suavemente por los hombros, por el cuello y por el rostro, la besó en las mejillas, en los párpados, en la punta de la nariz y en la boca y se dio cuenta de que lo estaban compartiendo, de que no era él quien llevaba las riendas y ella quien se dejaba hacer.

Ally lo besaba con la misma pasión, lo acariciaba con fruición por la espalda y un poco más abajo, como si estuvieran reuniendo valor para deslizar las manos bajo su bañador, aquel bañador que se le antojaba pequeño y molesto.

PJ despojó a Ally de la falda que llevaba y, a continuación, se liberó del bañador. Entonces, vio que Ally lo miraba con los ojos muy abiertos. Le estaba mirando la entrepierna y, de manera espontánea, alargó el brazo como si lo quisiera tocar.

—Venga —la animó al ver que retiraba la mano.

Ally lo miró, dudó y, por fin, deslizó un dedo sobre su erección. PJ se arqueó y tomó aire.

—¿Te he hecho daño? —se asustó Ally.

—No, todo lo contrario —contestó PJ—. Me encanta.

—Entonces, te gusta que... —dijo ella agarrándole el miembro con dedos temblorosos.

A PJ se le entrecortó la respiración y tuvo que morderse el labio para no gritar.

–Será mejor que pares –le advirtió.

–Lo siento –se disculpó Ally.

–No pasa nada, no has hecho nada mal. Simplemente, me ha gustado. Demasiado. Ven, ahora te toca a ti.

Y, a continuación, procedió a darle placer a Ally. Le gustaba tanto darle placer como que ella lo tocara. En realidad, todavía más porque era maravilloso observar su rostro mientras la acariciaba el cuerpo entero, fue maravilloso verla moverse excitada mientras deslizaba un muslo entre sus piernas, abriéndola para explorarla. En aquel momento, Ally se aferró a las sábanas y se mordió el labio inferior.

PJ estaba cada vez más cerca de su centro femenino y, cuando llegó a su humedad, cerró los ojos, tomó aire y sonrió cuando la oyó gemir.

–¡PJ! ¡Oh, Dios mío! –exclamó Ally apretando los dientes ante el inminente orgasmo.

Y, a los pocos segundos, PJ la apretó entre sus brazos, sintiendo cómo el corazón le latía desbocado. Ally temblaba y PJ la besó y la tranquilizó.

–¿Y tú? –le preguntó ella.

–No te preocupes por mí. Yo estoy bien. Tenemos toda la noche –contestó PJ–. Eso era para ti.

Pero Ally insistió en darle placer también a él, así que acarició con sus suaves manos todo su cuerpo, exploró sus ángulos y sus músculos y, cuando PJ creía que iba a morir de placer, lo instó a que se introdujera en su cuerpo.

–Creo que ya –le dijo separando las piernas.

PJ quería ir despacio para que durara, pero la

suavidad que encontró entre sus piernas le pareció el paraíso, el calor lo consumió y sintió que llegaba al orgasmo, así que se tensó para controlarse.

–¿Ya está? –murmuró Ally.

PJ no contestó. Estaba tan concentrado que no podía ni hablar, así que Ally comenzó a moverse de manera experimental.

–¡Ally!

–Hazme el amor –contestó ella moviendo las caderas.

Y PJ la amó, perdió el control, la amó con desesperación, dando y recibiendo simultáneamente. Ambos se acariciaron, se tocaron, se movieron al unísono hasta que PJ no tuvo idea de dónde empezaba el cuerpo de uno y terminaba el del otro.

Después de aquello, Ally se quedó dormida en sus brazos. PJ se quedó tumbado, abrazándola y mirándola. No podía dejar de mirarla, no podía apartar sus ojos de ella. No se podía creer que, al final, hubiera habido noche de bodas.

De repente, sonó el interfono y PJ se dio cuenta de que estaba en su despacho, en Manhattan. Ni rastro de la luna, de la cama ni de Ally.

–Ha llegado Ryne Murray –anunció Rosie.

–Dame un minuto –contestó PJ.

Pero un minuto no fue suficiente. A pesar de que PJ tomó aire varias veces para controlarse, no pudo dejar de pensar en Ally.

Ally había vuelto.

Ally seguía siendo su esposa.

Ally decía que estaba enamorada de otro hombre,

pero lo había besado como si estuviera enamorada de él.

—¿Dónde demonios se habría metido?

Ally recorrió el vestíbulo del hotel por enésima vez. Había bajado hacía un rato porque tenía que dejar la habitación y se había dicho que, tal vez, mirar a la gente entrar y salir del hotel la distraería, pero no había sido así.

No podía dejar de pensar en PJ y en que iba a pasar el fin de semana con él.

Al final, había ido a por un café con la idea de que tener algo en las manos le impediría morderse las uñas. El líquido estaba tan caliente que, al probarlo, se quemó la lengua, maldijo en voz baja y volvió a pasearse.

Podría haber ido a los Hamptons ella sola porque había autobuses que hacían el trayecto, pero ya era demasiado tarde, había quedado con PJ para ir en coche.

—¿Estás lista?

Ally dio un respingo y se le cayó el café por las manos, la blusa, la falda y los zapatos.

—¡Oh, no me espíes! —exclamó girándose y manchando también a PJ.

—No te estaba espiando —contestó PJ—. ¿Estás bien? —añadió agarrando el vaso de café y dejándolo sobre una mesa.

—Sí, estoy muy bien, estoy de maravilla, nunca he estado mejor —murmuró Ally intentando limpiarse—. Me tengo que ir a cambiar —anunció.

–A ver –le dijo PJ tomándola de los dedos y examinándole la mano, que estaba roja a causa de la quemadura–. Te tendrías que poner hielo y... ¿qué tal un beso de cura rana?

–Lo del hielo me parece bien –contestó Ally–. Del beso, ni hablar.

–¿No te gustó el de anoche? ¿No quieres repetir? –bromeó PJ.

–Voy a por hielo y a cambiarme de blusa y nos vamos –le espetó Ally.

Y, dicho aquello, sacó de su maleta un jersey color salmón y se fue al baño a cambiarse. Una vez allí, se miró al espejo y se dijo que debía relajarse, tranquilizarse y, sobre todo, resistirse a los encantos de PJ Antonides.

Cuando salió con una pequeña bolsa de hielo sobre la mano, PJ ya había metido su maleta en el coche y la estaba esperando.

–¿Qué tal estás? –le preguntó abriéndole la puerta.

–Bien –contestó Ally abrochándose el cinturón de seguridad y dando gracias por que el monovolumen fuera amplio–. ¿Va a haber mucha gente? –le preguntó mientras PJ conducía.

–Sí, bastante –contestó él–. Toda mi familia inmediata, nietos, abuela, un par de tías, hermanas de mi madre y una de las tías locas de mi padre que es viuda y cuyo marido era primo de Ari Cristopolous. Ésa fue la excusa que se buscó mi padre para invitarlos a pasar el fin de semana.

–Pero en realidad la invitó para que su hija y tú...

–Jamás lo admitirá, pero así es.

–¿Y no estará enfadado?

–Seguro que mi madre ya le ha contado todo, y a mi padre no le suelen durar los enfados. Es un hombre muy fácil.

–¿Y los Cristopolous?

–Pobre Lukas –contestó PJ.

–¿Quién es Lukas?

–Mi hermano pequeño –contestó PJ suspirando de manera teatral–. Que Dios se apiade de su alma.

–No creo que Connie sea para tanto.

–No, claro que no. En realidad, mi hermano nunca se queja cuando alguna chica guapa se interesa por él.

–¿Y le suele suceder a menudo?

–Constantemente –contestó PJ sonriendo–. Tiene mucho éxito entre las mujeres. Es muy guapo. No tanto como yo, por supuesto.

Ally sentía curiosidad por aquel hermano tan guapo. Lo cierto era que le costaba imaginarse a un hombre más guapo que PJ. A lo mejor, PJ también tenía mucho éxito con las mujeres. Prefirió no preguntar y PJ se lo puso fácil.

–¿Qué tal con Gabriella del Castillo?

–Oh, fenomenal –contestó Ally sinceramente–. Le encantó lo que le llevé. Le he dejado unas cuantas cosas para que las venda.

–¿Qué cosas?

–Un par de obras que hice en la playa en Tailandia, dos de Nueva Zelanda con toques polinesios, tres paisajes y una vista nocturna de Nueva York –le explicó Ally.

Y otra de la que no le habló. Se trataba de una pieza mucho más personal, una de sus primeras piezas, una obra en la que había vertido los recuerdos de la noche que había pasado con él, una obra en la que se veía lo que había visto aquella mañana desde la ventana de su casa: el mar, la arena, el amanecer, y un solo surfista con la tabla en la mano yendo hacia el agua.

Aquel cuadro la había acompañado durante muchos años, lo había expuesto en muchas exposiciones y siempre se lo habían querido comprar, pero ella nunca lo había vendido. Ahora, sin embargo, le había dicho a Gabriela que estaba en venta.

Había llegado el momento de deshacerse de aquel recuerdo. Había llegado el momento de firmar el divorcio.

–He quedado en mandarle más cosas cuando llegue a casa.

–Qué bien –comentó PJ sinceramente encantado–. ¿Y dónde está su galería? ¿Cómo se llama?

–Sol y Sombra Downtown –contestó Ally–. Es para diferenciarla de otra que tiene en la avenida Madison. Ésta está en Tribeca.

Y, una vez que se hubo lanzado, estuvieron hablando un buen rato. Qué fácil era hablar con PJ, que parecía realmente interesado en su obra. Ally le contó que Gabriela representaba a varios artistas, pintores, fotógrafos y escultores.

–¿Y sabes qué? –concluyó–. También representa a una muralista de mucho talento que se llama Martha Antonides –sonrió–. Tenía un mural de Central Park de tu hermana que era una maravilla.

PJ sonrió también.

–Vas a tener oportunidad de decírselo personalmente. Seguro que le encanta.

Durante el trayecto, PJ le contó historias gracio-
sas sobre su infancia y sobre su familia, historias
que le hicieron reír y también sentir cierta envidia y,
aunque conocerlos a todos la ponía nerviosa, lo
cierto era que también sentía ganas.

—Creía que querías estar distanciado de tu familia
—comentó.

—Sí —contestó PJ—. Son maravillosos en pequeñas
dosis. Un fin de semana de vez en cuando y ya está.
Cuando nos conocimos, necesitaba estar solo. Por
eso me fui, para encontrarme a mí mismo. Como tú
—añadió mirándola de reojo.

Ally no se había parado nunca a pensar en aquello. Había estado tan consumida por su propia vida
que no había pensado realmente en los motivos de
otras personas. La propuesta de matrimonio de PJ
había sido un favor y siempre había parecido una
cosa informal. Nunca se había dado cuenta de que
sus situaciones habían sido similares.

—¿Te diste cuenta de eso entonces? —le preguntó.

—Lo pensé, sí —contestó PJ.

Ally lo miró y comprendió un poco mejor sus
motivos. Aquello debería hacerle más fácil resistirse a la atracción que sentía por él. Al fin y al
cabo, no había sido más que una causa para PJ.
Nada más. Aquel fin de semana que tenían por
delante era la oportunidad perfecta para pagarle
lo que había hecho por ella, pero el domingo volvería a Nueva York y el lunes volvería a su vida
real.

Y lo que PJ le dijera a su familia después no era
su problema, pero lo que sí era su problema era el

fin de semana que tenía por delante si no hablaban de unas cuantas cosas.

—Antes de llegar, me gustaría que dejáramos unas cuantas cosas claras —le dijo a PJ.

# Capítulo 7

QUÉ COSAS? –le preguntó PJ.
   –Ciertas normas.
   –¿Qué normas? –insistió PJ en tono divertido.

–Nada de besos.

PJ la miró sorprendido.

–¿Cómo?

–Ya me has oído –contestó Ally ruborizándose.

–Pero si soy tu marido.

–Sólo de momento.

–¿Cómo eres capaz de besarme como me besaste anoche y seguir empeñada en divorciarte de mí?

–Anoche me pillaste por sorpresa –contestó Ally–. Yo nunca he dicho que no me resultaras atractivo, pero... da igual, lo importante es que yo no voy a decir nada del divorcio. Eso es asunto tuyo.

–Muchas gracias –murmuró PJ.

–Lo que quiero decir es que no me parece bien que... hagamos creer a tu familia que somos una pareja de verdad.

–Ally, para ellos, somos una pareja de verdad porque estamos casados.

–No tendría que haber venido.

–Demasiado tarde porque ya hemos llegado –contestó PJ tomando una desviación de la autopista en dirección sur.

Ally tomó aire para calmarse.

–Tranquila, no muerden. Y yo, tampoco –le dijo PJ.

–No, tú besas –murmuró Ally.

–Y muy bien o eso me han dicho siempre –contestó PJ–. Tú no pareces tener queja.

–Besas muy bien –confirmó Ally mirando fijamente la carretera–. PJ, de verdad, no quiero nada de besos, no quiero que las cosas resulten más difíciles –insistió sin embargo.

–No me había dado cuenta de que estuvieras tan incómoda.

–En realidad, me siento como un fraude. Por eso, no quiero besos.

PJ paró el coche en seco en mitad de la pequeña carretera. Menos mal que no venía nadie.

–¿Te sientes como un fraude cuando me besas, Ally? –le espetó.

Ally no pudo articular palabra, así que PJ volvió a acelerar. Cuando volvió a parar, lo hizo ante una preciosa y enorme casa de playa.

–Hogar, dulce hogar –dijo bajándose del coche–. Te voy a presentar a mis padres –añadió abriéndole la puerta.

Ally sintió que las rodillas le temblaban, pero se obligó a bajar.

–Buena suerte con eso de que nada de besos –murmuró–. Papá, mamá, os presento a Ally. Al, éstos son mis padres, Aeolus y Helena.

Acto seguido, el padre de PJ la abrazó, la besó y le apretó las manos.

–¡Así que eres de verdad! –exclamó en tono jovial–. ¡Este hijo mío es una caja de sorpresas!

La madre de PJ no se mostró tan efusiva como su marido, pero recibió a Ally con afecto y con una sonrisa.

–Una nueva hija –murmuró tomándole el rostro entre las manos y mirándola a los ojos–. Estoy encantada.

Y la besó.

–Ven, te voy a presentar al resto de tu nueva familia –le dijo tomándola de la cintura.

Su familia.

Ally se sentía muy culpable, pero no pudo evitar que todos la abrazaran y la besaran. Ally miró de reojo a PJ. A él también lo estaban abrazando y besando. Todavía no había llegado a Connie, pero no estaba lejos. Ya tendría tiempo de estar con ella. Tal vez, incluso se casara con ella al final. En cuanto tuviera el divorcio, podría volverse a casar.

La chica, una belleza de pelo moreno y rizado, había recibido a Ally con una sincera sonrisa y Ally había pensado que Aeolus Antonides había elegido bien para su hijo.

Aquel pensamiento la hizo sentir náuseas. No se encontraba bien. La idea de que PJ pudiera enamorarse de otra mujer le resultaba insoportable.

–Ven a conocer a Yiayia –le dijeron las tías de PJ llevándola hacia la casa.

La casa en la que PJ había crecido era un lugar maravilloso en el que abundaba la madera y las librerías, las chimeneas y los sofás de alegres telas de flores. Desde el salón, se abrían unas preciosas puertas francesas al jardín y, desde allí, salían unas escaleras de madera que iban directamente a la playa.

Al ver aquello, Ally se relajó un poco, pero el momento de paz no le duró mucho porque las tías de PJ ya la estaban llevando hacia la cocina. Allí, había una mujer entrada en años que estaba preparando un postre a base de miel y frutos secos. Tenía las manos completamente pegajosas y Ally se preguntó cómo la iba a abrazar.

Pero no hizo falta. La abuela de PJ se quedó mirándola sin decir nada. Ally esperó y empezó a ponerse nerviosa.

–Hola –dijo para romper el incómodo silencio–. Soy Alice –se presentó–. O Ally, si lo prefiere... o Al, para PJ –sonrió de manera cómplice.

Quería caerle bien a aquella mujer.

–Alice –la saludó Yiayia–. Alice se va a quedar conmigo para ayudarme –le dijo a las tías–. Podéis iros.

Las mujeres se miraron y se fueron. Ally oía risas y voces fuera, pero nadie entró en la cocina. Allí sólo estaban ellas dos. Era como estar con el Papa. Más bien, como estar con su padre, que era tan frío, distante y formal.

Sin embargo, en aquel momento se abrió la puerta y entró PJ. Al ver a su nieto, a Yiayia se le cambió la cara y sonrió abiertamente. PJ cruzó la cocina en tres zancadas, tomó a su abuela en brazos y la levantó por los aires mientras la mujer se reía como una niña, le tomaba el rostro entre las manos con miel y todo y lo besaba.

–¿Qué te parece mi mujer, Yiayia? ¿A que es preciosa? –le dijo girándose hacia Ally.

–Muy guapa –contestó su abuela–. Así que ésta es Alice –añadió mirando fijamente a la mujer de su nieto.

PJ asintió. Seguía sonriendo, pero Ally comprendió por la expresión de su cara que la situación era seria.

–¿Has ido a buscarla?

–No, ha venido ella a buscarme a mí.

–Ah, mucho mejor –sonrió su abuela.

¿Mejor? ¿Mejor que qué? Ally se dio cuenta de que había algo que se le escapaba en aquella conversación, pero ni PJ ni su abuela le explicaron nada y temió que Yiayia, al igual que Cristina, estuviera malinterpretando la situación.

–Así que, por fin, has venido –le dijo la mujer de manera aprobadora.

–No empieces, Yiayia, Ally ha tenido que hacer otras cosas.

–¿Cosas más importantes que estar con su marido?

–Sí, cosas importantes para ella –contestó PJ–. Cosas como las que yo hice cuando me fui a la universidad a Hawái. ¿Entiendes?

–Sí, claro que lo entiendo –contestó la mujer quedándose pensativa–. ¿Estás contento? –le preguntó a su nieto.

–Claro que estoy contento –sonrió PJ–. ¿Cómo no iba a estarlo? Tengo conmigo a dos de mis mujeres favoritas, tú estás haciendo baklava, mamá ha hecho carne asada y papá ya no podrá seguir presentándome mujeres.

Su abuela se rió.

—Anda, lávate las manos y vete a ayudar a tu hermano con los gemelos. Tallie tiene que descansar. Está embarazada otra vez.

—¿De verdad? —se sorprendió PJ visiblemente encantado.

—Sí, de verdad. Anda, venga, vete. Tu mujer se queda conmigo. Tenemos que hablar.

—Pero...

—Vete —le ordenó su abuela—. Confía en mí. No me la voy a comer.

—Es peor que Cristina —le advirtió PJ a Ally antes de irse.

—No pasa nada —le aseguró ella—. Siempre he querido aprender a hacer baklava.

—Yo te enseño —sonrió Yiayia.

Una vez a solas, comenzó a untar un molde con mantequilla. Ally se quedó mirándola.

—Siempre ha sido mi preferido —murmuró la abuela de PJ—. No se lo digo nunca a nadie, pero él lo sabe y yo lo sé —añadió—. Es el que más se parece a mi querido Aeneas. PJ es un hombre fuerte y delicado a la vez, como su abuelo, me hace reír, me hace feliz. Es un buen hombre.

—Sí —contestó Ally sinceramente.

Siempre había sabido que PJ era un buen hombre.

—Merece ser feliz —añadió Yiayia.

—Sí.

—Él dice que lo es.

–Espero que así sea –contestó Ally–. Quiero que sea feliz –añadió sinceramente.

–Él dice que lo es –insistió la abuela de PJ–, pero yo no puedo evitar preguntarme por qué un hombre que es feliz y está enamorado besa su abuela y no a su preciosa mujer –concluyó mirándola fijamente.

Ally no contestó y Yiayia tampoco exigió una contestación, sino que cambió de tema. Al cabo de un rato, Martha apareció en la cocina y raptó a Ally, que se fue encantada hacia la playa con ella y con su hijo.

Martha resultó ser todo lo contrario a su hermana Cristina, mucho más confiada y abierta. En cuanto Ally le dijo que había visto un mural suyo en la galería de Gabriela del Castillo, se mostró encantada y comenzó a preguntarle por sus obras.

–Papá creía que no eras de verdad –le confió al cabo de un rato–. ¡Menos mal que has venido! ¡Qué bien me caes! –añadió jugando con su hijo mientras paseaban–. Tenemos que quedar los cuatro. Podríais veniros a Santorini o... podríamos ir nosotros a Hawái. Seguro que a Theo, mi marido, le encanta porque le apasiona navegar. PJ y él tienen mucho en común, y parece que tú y yo, también.

¿Y qué iba a contestar Ally, que no?

–Sí, me parece un plan estupendo –contestó sinceramente.

Pero imposible de realizar.

Martha debió de percibir su zozobra.

–Uy, no me malinterpretes, no te quiero organizar la vida –se apresuró a asegurarle.

–No pasa nada –contestó Ally–. Es que PJ y yo... todavía tenemos que... arreglar ciertas cosas.

–Claro –sonrió Martha–. ¿Cómo no vais a tener cosas que arreglar después de tantos años sin veros? Por cierto, ¿cómo es que no os habéis vuelto a ver en todo este tiempo?

Ally tomó aire y miró hacia la inmensidad del océano.

–Verás, siempre tuve la impresión de que tenía que hacer ciertas cosas y PJ se casó conmigo para que las pudiera hacer –le explicó–. Cuando me puse a hacerlas, todo me fue bien y, sin darme mucha cuenta, me vi inmersa en un mundo de prisas y compromisos. Lo había conseguido. PJ se había casado conmigo para eso, así que... seguí adelante. Supongo que yo creía que tu hermano se divorciaría de mí algún día.

–¿Podría haberlo hecho?

Ally asintió.

–Si hubiera presentado la exigencia y yo no hubiera contestado, ahora mismo estaríamos divorciados –le explicó.

–Pero supongo que te alegrarás de que no lo hiciera. Seguro que él también se alegra de no haberlo hecho. ¡Imagínate que vuelves y te encuentras que se ha casado con otra! –exclamó horrorizada.

Ally también lo había pensado y, aunque le causaba cierta zozobra, habría sido más fácil porque ella se podría haber casado con Jon tranquilamente.

–No estarías aquí ahora mismo –comentó Martha–. Y PJ tendría por delante un fin de semana entero con Connie.

–Es una chica preciosa.

–Sí, pero no es su tipo.

Ally no sabía qué tipo de mujeres le gustaban a PJ, así que no dijo nada.

–¿Y cómo lo encontraste?

–Cuando volví a Honolulú porque a mi padre le había dado un ataque al corazón, lo busqué, pero no estaba allí.

–¿Y lo has venido a buscar hasta aquí? –se emocionó Martha–. ¡Qué romántico!

¡Otra vez con el romanticismo!

–¡Eddie! –gritó Martha corriendo hacia su hijo–. ¡No te metas eso en la boca! –añadió quitándole algo al niño y tirándolo al mar–. No sé qué voy a hacer cuando nazca el otro.

–¿Estás...?

–Sí, para enero –contestó Martha–. ¿Y vosotros? ¿Habéis pensado en tener hijos?

–No... no hemos hablado mucho de ello.

No era exactamente una mentira. Era cierto que habían hablado del hijo que Ally esperaba tener con Jon, de aquel nieto que quería darle a su padre, pero no se imaginaba teniendo un hijo con Jon. Sobre todo, ahora que tenía a PJ a pocos metros de distancia, jugando con sus sobrinos al fútbol.

–Todavía es pronto –comentó Martha–. Todo llegará.

Ally apartó la mirada con lágrimas en los ojos.


A Ally siempre le había encantado leer.

Desde que le habían enseñado en el colegio,

siempre había estado rodeada de libros. Los tomaba prestados en la biblioteca o se gastaba la asignación semanal en la librería. Quería descubrir nuevos mundos, vivir en ellos, y en todos aquellos mundos siempre había risas, movimiento y caos, familias bulliciosas y cariñosas, familias muy diferentes a la suya.

Su padre siempre había sido un hombre taciturno y distante y, tras la muerte de su madre, se había aislado todavía más. La única relación que tenía con su hija había sido a través de órdenes, instrucciones y exigencias.

—Te harán la vida más fácil —le decía siempre que Ally se quejaba.

Pero no había sido así. Lo único que le había ayudado a tener una vida mejor había sido casarse con PJ y huir de su padre. A partir de entonces, se había sentido libre, había podido explorar sus talentos, llenar su vida de arte y de trabajo. Y, cuando su vida había estado llena, se había olvidado de las familias cariñosas y bulliciosas sobre las que había leído. En realidad, no se había dado cuenta de que las echaba de menos hasta que había vuelto a casa tras el ataque al corazón de su padre.

Entonces, obligada a parar su ajetreado ritmo de vida y a conectar consigo misma, se había dado cuenta de que su vida tenía muchas grietas y vacíos. Por eso, cuando había aparecido Jon, lo había recibido con los brazos abiertos.

Jon era un adicto al trabajo, exactamente igual que ella, que llevaba toda su vida adulta llenando los espacios vacíos de su vida con pacientes y exigencias profesionales. A los treinta y cinco años, había decidido que había llegado el momento de casarse y de tener una familia.

–Un hijo –le había dicho–. Tengo tiempo para un hijo.

–Dos –había contestado Ally al instante y con vehemencia–. Por lo menos, dos.

Bajo ningún concepto quería que un hijo suyo tuviera que pasar la soledad que ella había pasado al ser hija única.

–Dos –había insistido al ver la expresión de duda de Jon–. O tres –había añadido.

–Dos como mucho –había dicho Jon poniéndose serio–. No quiero caos a mi alrededor.

Pero una parte de Ally sí lo quería.

Y lo había recordado estando en casa de los padres de PJ. Se había dado cuenta desde el instante en el que se había bajado del coche y todos habían comenzado a abrazarla y a besarla, los padres, los hermanos, los tíos y las tías, los primos y los amigos, todos ellos eran miembros de aquellas familias sobre las que Ally había leído de pequeña.

Pero aquéllos eran de verdad y, de momento, durante aquel fin de semana, eran su familia. Aquello la hizo sonreír de felicidad y le calentó el alma.

Después de cenar, Martha y Tallie salieron a la terraza y hablaron de sus hijos mientras las tías intercambiaban recetas en la cocina, el padre de PJ, el señor Cristopolous y otros amigos charlaban sobre golf en el salón, los niños jugaban al fútbol en la pradera, Lukas hablaba con Connie y PJ y Elias preparaban el fuego en la arena.

Cuando el sol se puso, PJ avisó de que la hoguera estaba preparada y la familia se reunió en torno al fuego, sentándose sobre mantas, riéndose y hablando, dejando el tiempo pasar mientras el cielo se iba tiñendo de diferentes colores.

Cuando se levantó un poco de brisa, Ally se estremeció y PJ se apresuró a darle su sudadera, a tomarla entre sus brazos y a colocarla entre sus piernas, de manera que su espalda quedó apoyada en su pecho. Ally pensó que aquello era demasiado íntimo, pero lo cierto era que estaba de maravilla.

–¿Mejor? –murmuró PJ en su oído.

Ally se estremeció al sentir su aliento y PJ creyó que era de frío.

–Si quieres, voy dentro y te traigo algo más abrigado.

Le acababa de dar la excusa perfecta para librarse de sus brazos, pero Ally no dijo nada. No quería romper aquella noche. Era su sueño hecho realidad. La alegría, la camaradería, las risas y la música. Lukas tenía una guitarra y comenzó a tocar. Dos de la tías de PJ no tardaron en unirse.

Ally se sentía embrujada.

–No, estoy bien –le dijo sinceramente.

Era cierto. Se sentía de maravilla. Y aquel sentimiento la acompañó durante el resto de la velada. Era tarde cuando la fiesta comenzó a declinar y, a pesar de que era casi medianoche, Ally no se quería ir del todo. Lukas seguía tocando la guitarra mientras Connie lo miraba encandilada y Elias y Tallie habían vuelto de acostar a los niños y se habían vuelto a sentar abrazados junto al fuego.

Ally comprendió que lo que le ocurría era que no quería dejar aquella magia, pero se dijo que podía hacer lo que siempre hacía cuando leía uno de aquellos libros de pequeña, se podía llevar sus sueños con ella a la cama.

Claro que primero tenía que llamar a Jon. No lo había llamado en todo el día. Con la diferencia horaria, probablemente, en aquellos momentos estaría volviendo del hospital. Tal vez, pudiera trasmitirle lo que había sentido aquel día, la importancia de la familia, la alegría, la conexión.

A lo mejor, Jon compartía su sueño.

Eso iba pensando mientras, agarrada de la mano de PJ, avanzaba por la casa en penumbra.

–Ya hemos llegado –anunció PJ abriendo una puerta–. Mi habitación de siempre –añadió con una sonrisa.

–¿Ah, sí? –contestó Ally mirando a su alrededor–. ¿Y tú dónde vas a dormir?

–¿Cómo?

–¿En qué habitación?

–En ésta –contestó PJ–. Voy a dormir aquí, contigo.

# Capítulo 8

ESPERABA que Ally gritara que no y que protestara, pero ella se quedó en mitad de la habitación, mirándolo fijamente, con los ojos muy abiertos, sorprendida. Abrió la boca y volvió a cerrarla.

PJ no comprendía a la Ally Maruyama de ahora. Cuando la había conocido, le había parecido una chica transparente, pero ahora era densa como el cemento.

Por una parte, lo besaba como si lo deseara, pero, por otra, insistía en que quería el divorcio y ahora lo estaba mirando sin decir nada, sólo lo miraba.

–Supongo que hubieras preferido que estuviéramos en habitaciones separadas –comentó PJ comenzando a desabrocharse la camisa.

–No –contestó Ally–, supongo que le habría parecido un poco raro a tu familia. Tu madre habría hecho preguntas, claro... simplemente, no lo había pensado. Soy idiota –recapacitó encogiéndose de hombros.

¡A continuación, se quitó la camiseta! PJ sintió que se quedaba sin aliento. No estaba dispuesta a besarlo, pero ¿sí a desnudarse?

Bajo la camiseta llevaba un sujetador de encaje color crema que, aunque podría haber sido la parte

de arriba de cualquier bikini, hizo que a PJ se le se-
cara la boca, pues hacía diez años que no veía aquel
escote. Recordaba sus pechos pequeños, pero los
que tenía ante sí ahora eran unos pechos más volu-
minosos, los pechos de una mujer.

Se moría por besarlos.

El deseo se había ido apoderando lentamente de
él durante todo el día.

—¿Qué pasa con la norma de nada de besos? —le
preguntó con voz ronca.

Ally estaba rebuscando en su maleta, sacando
una especie de camisón que no era sexy en absoluto,
pero que a PJ lo excitó todavía más.

—Nada, no ha pasado nada con ella —contestó girándose hacia él.

—¿Vamos a dormir en la misma cama y no va a
pasar nada?

—Bueno, supongo que podrías violarme —lo desafió Ally.

—Sabes perfectamente que jamás haría una cosa
así —contestó PJ indignado.

—Claro que lo sé —contestó Ally yendo hacia el
baño—. Me voy a dar una ducha rápida. Ahora vuelvo
—añadió intentando sonar natural.

Y, dicho aquello, desapareció tras la puerta del
baño, dejando a PJ con la boca abierta y la necesidad de darse él también una buena ducha.

De agua helada.


«La mejor defensa es un buen ataque».

Algo así le había dicho PJ hacía muchos años

cuando ella le había hablado de su padre y aquella frase había vuelto a su cabeza en cuanto PJ le había dicho que iban a dormir en la misma habitación. Su primera reacción, por supuesto, había sido protestar, pero eso ya lo había hecho y no le había servido de nada.

«¿Y dormir con él me va a servir de algo?», se preguntó mientras se miraba desnuda en el espejo del baño.

No tenía contestación para aquella pregunta, pero quería tenerla, dormir con él le parecía una manera mucho mejor de saber lo que había entre ellos que discutir de nuevo y, para ser completamente sincera, cuando PJ le había dicho si se sentía un fraude cuando lo besaba, se había sentido retada. Lo cierto era que, cuando había besado a PJ, había sentido algo fuerte y vital, algo que nunca había sentido con Jon.

Cuando besaba a Jon, sentía algo dulce, una conexión agradable, pero cuando había besado a PJ, había sentido una conexión a nivel del alma y llevaba sintiendo algo parecido durante todo el día.

Jon era un hombre maravilloso, amable y comprometido que había entregado su vida a su profesión y que se había dado cuenta de que le faltaba algo, como ella. Por eso, cuando se habían conocido en el hospital, había sido como encontrar a su media naranja.

Era cierto que los dos querían las mismas cosas, pero, a veces, Ally se encontraba preguntándose si Jon sabía de verdad quién era ella. Jamás la escuchaba como PJ la había escuchado aquel día, como PJ la había escuchado siempre.

Y, aunque ella había intentado conocerlo mejor, a él y a su trabajo, lo cierto era que Jon tampoco le contaba demasiado. Cuando le preguntaba, le solía contestar que prefería no hablar del trabajo o que prefería olvidarse del trabajo cuando estaba con ella. Ally lo entendía perfectamente, pero se sentía rechazada. Había incluso llegado a pensar que PJ la tenía por imbécil y creía que no entendería lo que le contara. Aunque así fuera, compartirlo los uniría, ¿no?

PJ le había hablado hoy sobre las velas de windsurf y, al ver que no había entendido muchas cosas, se las había explicado. Ver cómo se emocionaba mientras hablaba de los nuevos materiales merecía la pena aunque no entendiera todo el mensaje.

Ally estaba comenzando a sentirse realmente ligada a él y no solamente en el aspecto sexual. También se sentía ligada a su familia. Había conectado muy bien con su hermana Martha y con su cuñada Tallie, que había hecho galletas para darle la bienvenida.

Incluso la madre de PJ la había recibido con cariño. Por no hablar de su abuela, que se había mostrado amable y cariñosa con ella en todo momento. Según le había contado PJ, en un momento de la tarde, Yiayia se había acercado a él y le había dicho que no olvidara besar a su mujer.

Ally se sonrojó al pensarlo.

Y, por supuesto, no debía olvidarse de los bebés. Quizás hubiera sido ver a todos aquellos niños Antonides lo que había intensificado sus sentimientos, quizás hubiera sido tener a los gemelos de Elias y de

Tallie en brazos, quizás hubiera sido dormir a Liana, la nieta de un mes de los Costanides, quizás hubiera sido ver a PJ dormir a su sobrino Edward.

Lejos de olvidarse de él, al haber ido a Nueva York para entregarle los papeles del divorcio en persona, había abierto la caja de los recuerdos, de los sentimientos y de las necesidades y ahora no podía volver a cerrarla.

¿Acaso pasar la noche con él le iba ayudar a cerrarla? Cuando Ally abrió la puerta del baño, se quedó atónita.

PJ se había ido.

Lukas la miró a la mañana siguiente cuando bajaba las escaleras.

–Menuda nochecita habéis debido de pasar –comentó alegremente.

Eran más de las ocho, pero Ally apenas había dormido en toda la noche. Se había dicho varias veces que tenía que llamar a Jon, pero no lo había hecho porque no podía parar de pensar en PJ, en lo que le había dicho y en su reacción.

Le hubiera gustado que hubiera vuelto para pedirle perdón, y aquello era lo que iba a hacer en cuanto lo viera porque PJ no había vuelto a la habitación en toda la noche.

Al amanecer, Ally se había dado cuenta de que ya era demasiado tarde para llamar a Jon y, además, le parecía poco adecuado. Podría haberla llamado él. Tampoco importaba demasiado. Cuando hubiera arreglado las cosas con PJ, ya podría llamarlo.

–¿Por qué dices eso? –le preguntó a Lukas intentando sonreír.

–Porque tanto PJ como tú tenéis aspecto de haber... descansado poco –contestó el hermano de PJ sonriendo.

–¡Lukas! –exclamó su madre–. No seas maleducado.

–No soy maleducado, sólo observador –contestó Lukas encogiéndose de hombros–. Y envidioso.

–¿Dónde está PJ? –quiso saber Ally.

–Se ha ido a hacer surf –contestó Lukas.

–Ah... voy a ir a buscarlo –comentó Ally.

–Sí, claro –contestó Helena–. Ya desayunaréis cuando volváis.

Ally salió de la casa y se dirigió a la playa. Comenzaba a hacer calor. No tardó en ver a PJ sentado sobre su tabla, esperando en el agua. Se fijó en que las olas que se formaban eran mucho más pequeñas que en Hawái. Evidentemente, no eran buenas olas. Tal vez, por eso PJ no las estaba tomando. Por eso o porque no quería acercarse a la orilla a hablar con ella.

Era comprensible, pues la noche anterior, confundida, había creado una situación extraña e incómoda. No se sentía aliviada en absoluto por no haber tenido que compartir la cama con él. Más bien, se sentía como que le faltaba algo.

Ally se sentó en la arena junto a la toalla de PJ, reflexionó las rodillas, se las abrazó y se quedó mirándolo. Era evidente que él la estaba viendo también, pero no hizo amago de acercarse, se había quedado sentado sobre la tabla, con las manos metidas en el agua, mirando hacia el horizonte.

Ally comenzó a enfadarse al ver que PJ no tomaba ninguna ola, así que se puso en pie y se quedó mirándolo fijamente. Al ver que PJ no reaccionaba, se quitó las sandalias y se acercó al agua. No se había puesto el bañador, pero tampoco importaba que se le mojaran los pantalones cortos y la camiseta que llevaba puestos.

Sintió el agua fresca envolviendo su cuerpo mientras nadaba. PJ la estaba mirando y, por fin, se acercaba.

–¿Qué demonios haces? –le preguntó irritado.

Ally no contestó porque, en aquel momento, se acercó una ola y no tuvo más remedio que pasarla por debajo.

–¿Qué haces? –insistió PJ al ver que llegaba hasta su tabla y se agarraba ella–. Estás loca.

–Y tú eres un cobarde –contestó Ally.

–¿Yo? ¿Por qué dices eso?

–Sabías perfectamente que iba a querer hablar contigo y no has vuelto a la habitación.

–Por si no te has dado cuenta, estoy haciendo surf.

–¿Ah, sí? ¿De verdad? Pues no lo parece. Has tenido un par de buenas olas y no las has tomado –contestó Ally sonriendo con malicia.

–No eran lo suficientemente buenas –contestó PJ apretando la mandíbula y desviando la mirada.

–Ya –se burló Ally–. ¿Estás esperando la ola perfecta?

–¿Y a ti qué más te da?

–PJ –le dijo Ally poniéndose seria–. Lo siento.

PJ la miró a los ojos. No contestó, pero estaba visiblemente interesado.

–Te pido perdón por lo que te dije anoche, no debí comportarme como lo hice. Me dejé llevar por... la cobardía.

PJ la miró con incredulidad.

–Sí, estaba asustada y confundida –admitió Ally.

–No eras la única –murmuró PJ volviendo a desviar la mirada.

–Quería... la verdad es que no sé lo que quería –continuó Ally–. Supongo que lo de la cama fue la gota que colmó el vaso. No sé que está ocurriendo entre nosotros, pero me parece que... quiero averiguarlo.

PJ volvió a mirarla.

–¿Y pretendes averiguarlo sin besos?

–Cuando te dije eso, estaba confusa.

–Ven aquí –le dijo PJ alargando el brazo.

Ally no se movió inmediatamente. Tenía la sensación de estar al borde de un precipicio. Aceptar la mano de PJ era como tirarse al vacío, pero no podía estar para siempre al borde del precipicio. Había llegado hasta donde lo había hecho y tenía que seguir adelante, tenía que aceptar su mano y ver hasta dónde le llevaba aquello.

PJ estaba esperando, había dado el primer paso. Ahora, le tocaba a ella, así que Ally sacó la mano del agua y la puso sobre la suya. PJ la sentó sobre la tabla, de frente a él.

–Al diablo con las normas –sentenció tomándola entre sus brazos y besándola.

Y Ally volvió a sentir que se consumía, como le pasaba siempre que PJ la besaba. En aquellos momentos, la parte lógica y cuerda de sí misma desaparecía y aparecía aquella adolescente joven a la que siempre le había gustado el surfista.

Y los labios de aquel surfista la hicieron olvidarse de su decisión de casarse con Jon, de su decisión de ser la hija pródiga que vuelve a casa para hacer feliz a su padre. Ally se olvidó de todo excepto del hombre que la estaba besando. El sabor de aquel hombre se mezcló con el sabor del agua salada y el calor del sol de la mañana y aquello hizo que se planteara muchas cosas.

«¿Por qué no? ¿Por qué no puedo amarlo? ¿Por qué no puedo estar con él? Es mi marido».

Así que Ally lo besó con pasión, le acarició la espalda desnuda, disfrutó de aquella piel bañada por el sol, apoyó la cabeza en su cuello y saboreó el momento, dándose cuenta de que el disfrute era mutuo.

PJ la besó por el cuello y deslizó sus manos bajo su camiseta mojada, las colocó sobre sus costillas, justamente debajo de sus pechos y comenzó a acariciarle los pezones con la yema de los dedos pulgares.

Y a Ally le encantó y arqueó la espalda.

–Mira que llevar camiseta –murmuró PJ.

Ally sonrió y posó su mano sobre la erección de PJ.

–Mira que llevar bañador –contestó.

PJ se rió.

–Sí, me lo he puesto para no asustar a mi madre, que está mirando por la ventana de la cocina. Además, ¿cómo iba yo a saber que ibas a aparecer y que íbamos a hacer esto?

Ally se encogió de hombros y, de repente, se dio

cuenta de que lo que sentía por aquel hombre era tan fuerte que no había palabras para explicarlo.

–Eh, Al, ¿qué te pasa? –le dijo PJ acariciándole la mejilla.

–Nada –tartamudeó Ally.

Sólo que se había dado cuenta de que seguía enamorada de él y, ahora que sabía la verdad, ya no podía luchar contra ella. PJ era el hombre del que estaba enamorada y no Jon, era el hombre con el que quería estar y no Jon, era el hombre con el que quería pasar el resto de su vida.

–Oh, Dios –murmuró PJ volviéndola a besar.

Y aquel beso fue tierno al principio, pero se fue profundizado y haciendo cada vez más apasionado hasta que Ally sintió que PJ la estaba devorando, sintió que su propio cuerpo reaccionaba, sintió que lo deseaba, que lo necesitaba...

¡Y, entonces, de repente, PJ le dio la vuelta a la tabla y los dos cayeron al agua!

–¿Pero qué haces? –se sorprendió al sacar la cabeza a la superficie.

–Mira –contestó PJ señalando con la cabeza hacia la orilla.

Sí, era evidente que, si hubieran seguido unos minutos más, habrían escandalizado a toda su familia.

–Lo siento –se disculpó Ally.

–Yo, también –sonrió PJ tendiéndole la mano para volver a subir a la tabla–. No olvides lo que ha ocurrido.

Como si fuera a poder.

Juntos, llevaron la tabla hasta la orilla. Era la primera vez que Ally surfeaba en diez años y le encantó la sensación. Cuando llegaron a la orilla, la familia Antonides los estaba esperando y no parecían escandalizados en absoluto.

De hecho, cuando entraron en la cocina después de haberse secado, Yiayia sonreía encantada mientras se mecía en su mecedora.

–Besándoos, ¿eh? –les dijo.

–Abuela, lo sabes todo –contestó PJ sonriendo encantado.

–Claro, las abuelas lo sabemos todo.


Al ver que Ally aceptaba la idea de dormir en la misma cama que él, que aceptaba la situación y que estaba dispuesta a que durmieran juntos de manera casta, se había enfurecido tanto que había abandonado la habitación y se había pasado toda la noche dando vueltas por la playa.

¡No estaba dispuesto a pasarse la noche tumbado al lado de su mujer sin poder tocarla porque ella estuviera empeñada en preservar su intimidad para otro hombre!

En cuanto había amanecido, se había metido en el agua con la tabla para relajarse y había conseguido tranquilizarse un poco, pero, cuando había visto a Ally en la playa, se había vuelto a enfurecer y había tenido que hacer un gran esfuerzo, al ver que lo estaba mirando, para no irse con la tabla hasta Tierra del Fuego.

Estaba decidido a no ir a la orilla y se había sorprendido sinceramente cuando Ally había ido nadando hasta él, pero lo que realmente lo había sorprendido había sido que le pidiera disculpas.

Realmente, no entendía lo que estaba ocurriendo, pero entendía que Ally tuviera un brillo nuevo en los ojos y que lo hubiera besado de manera apasionada.

Pero, de momento, no podían hacer nada. Evidentemente, no podía llevársela a la cama en mitad de la mañana cuando toda su familia y la mitad de los vecinos habían aparecido para disfrutar del famoso brunch de su madre.

Además, su padre, Elias y Ari Cristopolous querían ir a jugar al golf.

—No me apetece jugar —le dijo PJ a su hermano.

—Tenemos que hablar de trabajo —insistió Elias—. Además, lo que a ti te apetece hacer ahora no lo puedes hacer, así que vente a jugar al golf.

—¿Y cómo sabes tú lo que me apetece hacer? —murmuró sonrojándose hasta las orejas.

—Porque yo estuve en tu piel no hace mucho tiempo —contestó Elias sonriendo.

PJ recordaba perfectamente que el cortejo de su hermano no había sido precisamente fácil, pero, por lo menos, había tenido lugar antes de casarse, no como el suyo.

—Muy bien —accedió pensando que, así, podría olvidarse de Ally durante unas horas.

Pero Ally volvió a sorprenderlo diciendo que ella también quería ir, no a jugar, pero sí a mirar, así que PJ se encontró sentado al lado de Ally en el coche, sintiendo su muslo junto a su pierna, oliendo su pelo.

Por supuesto, jugó fatal y perdió, pero le dio

igual. Para él, lo único que importaba eran las sonrisas de Ally. Lo único que quería hacer era irse del campo de golf, volver a casa, llevársela a la habitación, directamente a la cama. Pero, cuando volvieron a casa, habían llegado Mark, Cristina y Alex y también estaban los Costanides, los amigos de Elias y de Tallie, y los Alexakis.

–¿Habéis invitado a toda Grecia o qué? –murmuró PJ.

–Más o menos –contestó su padre muy sonriente.

Así que PJ no tuvo más remedio que saludarlos, sonreír y presentarles a Ally. Por supuesto, todos quedaron prendados de ella, exactamente igual que él. Cristina quería seguir hablando con ella sobre arte, Martha quería continuar con la conversación del día anterior y resultó que Connie estaba especializada en mosaicos y también quería unirse a la charla.

Pero PJ no estaba dispuesto a soltar a Ally, tenía miedo de que, si la perdía de vista, pudiera cambiar de parecer.

–Vente –lo animó Ally al ver que no la soltaba.

–No... prefiero quedarme jugando con los niños en la playa –contestó PJ–. ¿Te quedas con nosotros?

Ally sonrió y asintió.

–Chicas, luego hablamos, ¿de acuerdo? –les dijo a Cristina, a Connie y a Martha.

Así que se fueron a jugar con los niños. Además de los sobrinos de PJ, también había varios niños de la familia Costanide y el niño y las tres niñas de los Alexakis. Además, también había hijos de primos y amigos de sus padres.

Era imposible mantenerlos a todos a raya y PJ ni lo intentó. Para empezar, porque sólo tenía ojos para Ally. La Ally a la que él recordaba era una chica tímida, callada y que raramente jugaba, pero la Ally de ahora estaba viva rodeada de niños.

Estaba completamente concentrada en construir un castillo de arena con los más pequeños y, cuando los mayores, al frente de Lukas, se acercaron y comenzaron a destruir el castillo tirando bolas de arena y de agua, se declaró una guerra en la que ella participó activamente.

Y fue ella la que propuso que enterrar al tío PJ en la arena sería muy divertido y, aunque PJ intentó protestar, Elias, Lukas y su propia madre aplaudieron encantados y ayudaron a hacer el hoyo.

Al final, resultó que PJ disfrutó de lo lindo con aquella experiencia y, cuando creía que las ideas de Ally ya se habrían terminado, Ally, haciendo gala de una creatividad prodigiosa, propuso otra cosa.

–¿Qué os parece si jugamos a pintarnos la cara? –les dijo.

–¿Pintarnos la cara? –contestó PJ extrañado.

–¿Tienes miedo?

–No, claro que no, pero no entiendo cómo...

–Ahora mismo volvemos –les dijo Ally a los niños tomando a PJ de la mano y llevándolo hacia la casa.

Resultó que preparar pintura para la cara no era tan difícil como PJ había imaginado. Ally mezcló maicena, yogur, agua y diferentes colorantes alimenticios y listo.

–Mira –sonrió pintándole a PJ la nariz de verde–. Estás muy guapo.

–¿De verdad? –contestó él metiendo los dedos en la pintura azul y persiguiéndola.

Ally aulló riendo, estuvo a punto de chocarse con su madre y cayó sobre Yiayia, que estaba tranquilamente sentada en su mecedora.

–¡Fuera! –les dijo su madre–. ¡Eres terrible! ¿Quién me iba a decir a mí que mi hijo se iba a casar con una mujer tan loca como él?

Ally se paró en seco y la miró muy seria.

–¿Estoy loca?

–¿Tan loca como mi hijo? –sonrió Helena–. Sí, creo que sí –añadió abrazando a Ally y acariciándole el pelo con ternura–. Espero que entiendas que lo que te acabo de decir es positivo.

Ally miró a PJ, que la miraba expectante, sonrió con franqueza y abrazó a su madre.

–Gracias, muchas gracias.

–Ally –le dijo PJ.

Ally se giró hacia él todavía emocionada y PJ aprovechó para pintarle las mejillas de azul.

# Capítulo 9

AQUELLA noche iba a hacer el amor con PJ Antonides.

Llevaba todo el día esperando aquel momento aunque se lo había pasado de maravilla haciendo un montón de cosas.

Lo cierto era que había sido un día mágico.

Todo el fin de semana había sido mágico. A pesar de haber pasado la noche en vela, aquellos dos días habían sido los dos días más felices de su vida. Aquel fin de semana para el que se había preparado con ansiedad y nervios se había convertido en algo alegre y maravilloso.

La familia de PJ le había dado cariño y afecto, lo que ella siempre había querido. Sin tener en cuenta las inesperadas circunstancias por las que pasaba la pareja, le habían abierto los brazos y le habían hecho sentirse realmente una de los suyos.

¿Y PJ?

Ally ya no tenía la sensación de estar en el precipicio, luchando por elegir entre el hombre con el que se había casado a la desesperada y el futuro que le esperaba junto a Jon.

No, al disculparse ante PJ, había dado un paso al frente, se había tirado al vacío de manera cons-

ciente, dejándose llevar por la atracción que había
sentido por PJ desde que lo había conocido, una
atracción que no había disminuido durante los últimos diez años.

Pero lo que sentía por él no era solamente atracción física y era mucho más que la camaradería de
su antigua amistad. Ally temía que fuera amor.
Amor de verdad. Un amor que había empezado muchos años atrás, había perdurado a través del tiempo
a pesar de la separación y había vuelto a la vida al
poco tiempo de volverse a ver.

Por lo menos, para ella, así había sido.

No sabía lo que sentía PJ, pero sabía que, de momento, quería seguir casado con ella. Sin embargo,
no le había hablado de amor.

Aun así, Ally tenía esperanzas porque, a veces,
PJ la miraba de una manera muy especial, la tocaba
de una manera muy especial, la besaba de una manera muy especial...

Así que tenía que averiguarlo.

Lo que había compartido con PJ esa noche de bodas y lo que estaba compartiendo con él durante este
fin de semana era mucho más auténtico y real que lo
que había intentado construir con Jon y no quería ni
podía darle la espalda e irse.

Así que, cuando aquella noche, PJ se presentó en
su habitación, Ally no protestó, no se mostró tímida.
Al contrario, fue ella la que lo tomó de la muñeca, lo
hizo pasar y cerró la puerta. PJ enarcó una ceja. Estaban tan cerca que sus labios casi se rozaban.

–No se te ocurrirá venirme ahora con que nada de
besos, ¿verdad? –le preguntó PJ en tono burlón.

—¿Tú qué crees? —contestó Ally sonriendo y poniéndose de puntillas para darle un beso.

PJ sonrió.

—Buena idea.

Y, a continuación, la besó con pasión porque llevaba todo el día esperando para hacerlo. Tal vez, llevara esperando desde su noche de bodas. Los breves besos que habían compartido los últimos días no habían sido más que un aperitivo del maravilloso banquete que se iban a dar.

Ally se olvidó de sus preocupaciones, de sus nervios y de su confusión y contestó a la dulzura de los labios y de la lengua de PJ, se abrió a él, contestó con la misma pasión.

PJ olía a mar y al humo de la fogata. Mientras disfrutaba de su cercanía, PJ le quitó la camiseta y se quitó la suya. A continuación, la condujo hasta la cama. Era la cama en la que Ally se había pasado toda la noche anterior despierta, una cama que se le había antojado grande y fría al estar sola, pero ahora, junto a PJ, le pareció cálida y maravillosa, una burbuja perfecta para los dos.

—¿Dejo la luz encendida o la apago? —le preguntó PJ.

—Apágala —contestó Ally con la intención de recrear la noche que habían pasado juntos.

En aquella ocasión, se habían amado en la oscuridad, lo único que los había iluminado habían sido los rayos de la luna que entraban por la ventana. Ahora, al apagar la luz, comprobó encantada que también había luna llena.

Ally rezó para que, en esta ocasión, el amor com-

partido durara más allá del amanecer. PJ no habló de
si tenía recuerdos de aquella noche o no. Sus manos,
sus labios y todo su cuerpo hablaban por él mientras
tumbaba a Ally sobre la cama y le hacía el amor de
manera lenta y dulce.

Sus caricias hicieron estremecer a Ally. Cuando
PJ deslizó sus dedos por sus costillas y recorrió sus
piernas, Ally se mordió el labio inferior, disfrutó de
sus caricias, disfrutó de estar entre los brazos de PJ,
en su cama, un lugar en el que jamás se había imaginado que volvería a estar y, cuando sus dedos, por
fin, la tocaron donde más necesitaba que la tocaran,
exclamó de placer.

Las ropas volaron por los aires y, durante unos
segundos, Ally se apenó por no poder verlo des-
nudo, pues no había suficiente luz, pero se dijo
que la vista no era el único sentido del que dispo-
nía.

Así que alargó los brazos y exploró su cuerpo
musculoso, su piel caliente, recorrió su abdomen y
su erección haciéndolo gemir y estremecerse.

–¡Ally! –exclamó PJ.

Ally sonrió y comenzó a besarlo por el pecho,
por la tripa y por...

–¡Ally! –insistió PJ–. Si sigues haciendo eso, me
vas a matar.

–Yo no quiero matarte, quiero hacerte otras cosas
–murmuró Ally abrazándolo con fuerza para que sus
cuerpos se acoplaran.

A continuación, lo abrazó de la cintura con las
piernas y comenzaron a moverse al unísono de manera desesperada. Fue como surcar una ola, sentir el

poder del océano, que los elevaba y los dejaba caer de nuevo.

Fue como la primera vez, pero Ally era consciente de que aquella noche prometía muchas más cosas que la primera. Había habido urgencia, sí, pero los dos sabían que tenían mucho tiempo por delante.

«Ahora es diferente», pensó Ally tras haber hecho el amor por segunda vez.

Aquella noche no era sólo una noche, sino el comienzo de una vida juntos y, si se equivocaba, por lo menos, le serviría para recordarlo toda la vida. Aunque PJ no dijo nada, no le ofreció nada, a ella no le importó. Las palabras se las lleva el viento, lo que importa son los actos y PJ le había regalado años con lo que había hecho por ella, le había dado tiempo de madurar y de crecer, de convertirse en una mujer de verdad, en una mujer igual a él, de la que podría sentirse orgulloso y, con un poco de suerte, a la que podría amar.

Y Ally quería amarlo.

Por fin, comprendió lo que quería y, en esta ocasión, la solución no era separarse de PJ e ir a encontrarse a sí misma sino quedarse junto a él, entregarse a él, retomar su matrimonio y hacerlo funcionar.

Aquella noche había hecho el amor con Ally Maruyama. No, con Ally Antonides.

Había estado esperándolo todo el día.

Más bien, diez años.

PJ estaba tumbado en la habitación en la que se

había criado, en la que había planeado sus aventuras y había soñado con cosas imposibles, pero por muy imposibles que hubieran sido no podían ser como lo que estaba sucediendo.

Tenía a Ally abrazada entre sus brazos de manera segura, posesiva y protectora y ella tenía la cabeza apoyada en su pecho, estaba profundamente dormida y respiraba suavemente, satisfecha y saciada.

Él, desde luego, lo estaba. Por lo menos, de momento. Lo cierto era que no esperaba que le durara demasiado porque, al fin de al cabo, tenía diez años que recuperar.

Nunca lo había pensado así. Cuando se había casado era joven y espontáneo y estaba ciego, no se había parado a pensar ni a considerar en las consecuencias de lo que había hecho, se había dejado llevar por el instinto, que, pensándolo bien, le había guiado estupendamente.

Pero nunca había pensado más allá de aquella noche. Aunque hacer el amor con ella le había permitido tener una pequeña idea sobre lo que podía ser amar a una mujer como Ally, había supuesto que jamás funcionaría y, por eso, no le había pedido nada y ella no le había dado nada.

Se había limitado a darle lo que ella quería: su apellido en un documento legal y una noche en su cama.

Pero aquello había sido entonces. Ahora, a los treinta y dos años, era un hombre diferente, más estable, más responsable y que ya no estaba interesado en vivir solo, había madurado y era consciente de las oportunidades que había dejado pasar, de las olas que no había podido tomar, de los amores perdidos.

Y ahora estaba decidido a no perderla, en esta ocasión no la iba a perder, no iba a permitir que se fuera. No era demasiado tarde, claro que no. No era demasiado tarde.

Tenía que conseguir que Ally quisiera quedarse... no solamente para pasar una noche, sino para toda la vida porque él estaba dispuesto a dárselo todo.

Ally se despertó al oír que estaban llamando a la puerta.

Estaba atrapada entre las sábanas, las mantas y PJ, tenía el rostro en la curva de su cuello, su brazo encima y una rodilla capturada entre las suyas.

Era extraño y maravilloso a la vez... había sido así toda la noche. Mejor que la vez anterior porque, en esta ocasión, seguía a su lado y...

Volvieron a llamar a la puerta. Con más fuerza. Sin duda, sería uno de los niños. Vendrían a despertarlos, así que Ally se volvió, besó a PJ en la mandíbula y se dispuso a levantarse.

—¿PJ? ¿Ally?

Aquella voz no era la de un niño y sonaba urgente, así que Ally se levantó a toda velocidad para que no despertaran a PJ porque sabía que llevaba dos noches sin dormir mucho, aunque por motivos diferentes.

Tras ponerse el camisón, lo tapó con una sábana y se dirigió a la puerta. Al abrir, se encontró con Elias.

—Vaya, hubiera preferido que fuera mi hermano.

—¿Qué ocurre? —le preguntó Ally frunciendo el ceño.

—Hubiera preferido decírselo a él y que él te lo dijera a ti.

—¿Decirme qué? —insistió Ally poniéndose nerviosa.

—Ha llamado un tal Jon.

«Jon nunca llama. ¿Por qué, precisamente, ahora?», pensó Ally.

—Tu padre ha tenido un ataque al corazón.

# Capítulo 10

¡T ENDRÍA que haber llamado! –exclamó Ally mientras corría por la habitación y metía sus cosas en la maleta a toda velocidad.

–¿A quién? –le preguntó PJ, que apenas se acababa de despertar.

PJ no comprendía nada. Había pasado una noche maravillosa, la noche más maravillosa de su vida y ahora, nada más abrir los ojos, se encontraba a Ally hecha un torbellino.

¿Y qué hacía su hermano Elias en la puerta?

–Yiayia ha contestado el teléfono móvil de Ally –le explicó su hermano cerrando la puerta y sacándose el aparato del bolsillo.

Ally se paró un momento, le arrebató el teléfono de la mano y marcó un número.

–El padre de Ally ha tenido un ataque al corazón –le espetó Elias a PJ.

PJ se sentó muy preocupado y miró a Ally. Sus movimientos eran casi frenéticos.

–Está vivo, pero, por lo que parece, de milagro. La abuela me ha dicho que viniera a decírselo a Ally inmediatamente.

PJ se dijo que todo aquello era una pesadilla.

–Ally se había dejado el móvil sobre la encimera

de la cocina y, cuando ha sonado, Yiayia ha contestado –añadió Elias.

Pero Ally no estaba escuchando, se paseaba nerviosa, con la respiración entrecortada.

–¡Contesta el teléfono, maldita sea! –exclamó–. Jon, soy yo. ¡Por favor, llámame inmediatamente para decirme qué pasa y dile a mi padre que ya voy para allá!

Dicho aquello, colgó y continuó metiendo su ropa en la maleta.

–Aire –le dijo PJ a su hermano–. Y gracias.

Elias sonrió y se fue. Los ojos de PJ se posaron en Ally, que estaba marcando de nuevo. Al no obtener contestación, cerró el móvil disgustada.

–Tendría que haber llamado, no tendría que haber venido –se lamentó.

–Aunque hubieras estado allí, no podrías haber impedido que le diera un infarto –la intentó tranquilizar PJ.

Pero Ally estaba muy nerviosa.

–¡No me tendría que haber ido! No tendría que haber venido, le tendría que haber llamado, no le he llamado... me tengo que ir a casa. Inmediatamente –le dijo mirándolo desesperada.

PJ no tenía ninguna intención de impedírselo.

Al contrario, iba a ir con ella.

La primera vez había dejado que fuera sola a ver a su padre, el mismo día de la boda, para que le dijera que se había casado. Ally le había dicho que no lo necesitaba, que no era problema suyo, que podía ella con todo y PJ le había creído.

En esta ocasión, sin embargo, no pensaba darle

opción, pues se jugaba demasiado... su vida, su futuro y a la mujer a la que amaba.

Aquello lo despertó por completo.

Amor.

No era deseo, no era satisfacción física, no, aquello era mucho más profundo, era el amor que había vislumbrado hacía diez años, el potencial de una relación que tenía un componente físico, por supuesto, pero también emocional, intelectual e incluso espiritual.

Amor era lo que sentía por Ally. Lo sabía, lo aceptaba y lo quería y no pensaba permitir que se fuera sin él.

–Déjamelo a mí –le dijo abrazándola con fuerza.

Y, a continuación, se puso manos a la obra.


Ally se sentía mal, desesperada, y culpable.

Lo que le había dicho a PJ era cierto, tendría que haber llamado, no tendría que haber ido a casa de sus padres... ni siquiera a Nueva York, tendría que haber mandado los papeles del divorcio por correo y haberse quedado junto a su padre.

Pero, si hubiera hecho eso, PJ no habría vuelto a su vida, no habría compartido aquel fin de semana con él, no habría hecho el amor con él.

¿Se arrepentía de todo aquello?

No.

Culpable y desesperada, volvió a marcar el teléfono de Jon y de nuevo le volvió a saltar el contestador. Ally no se podía creer que Jon hubiera conectado el contestador cuando a su padre le acababa de dar un infarto.

–Llama al hospital –le dijo PJ.

Él también estaba haciendo llamadas. Sin duda, estaría llamando al trabajo. Por lo visto, para PJ el trabajo también eran más importante que ella. No, aquello no era justo. PJ la había abrazado, la había consolado y le había dicho que él se haría cargo de todo.

Claro que era evidente que no podía hacerse cargo. ¿Cómo iba a hacerse cargo de su padre? Tenía que volver a Hawái cuanto antes.

–Tengo que llamar a la aerolínea.

–Ya lo he hecho yo. El vuelo sale a la una –contestó PJ consultando su reloj–. Llama al hospital, todavía tenemos tiempo.

–Sí –contestó Ally.

Pero estaba tan nerviosa que apenas podía marcar el número de teléfono.

–Dame –le dijo PJ tomando su teléfono móvil de las manos de Ally–. ¿Cómo se llama el hospital?

Ally se lo dijo y PJ consiguió el teléfono en un abrir y cerrar de ojos, marcó el número y le pasó el aparato. Ally dio el nombre de su padre con miedo, miedo de que ya no estuviera allí, miedo de llegar demasiado tarde.

–Sí –dijo la enfermera–. Está en el servicio de cuidados intensivos de cardiología. Le paso.

Ally sonrió levemente y miró a PJ mientras esperaba.

–¡Alice! ¿Eres tú?

–¡Jon! ¿Qué tal está?

–¿Dónde estás? Llevo llamándote más de una hora –le recriminó Jon.

No era el momento.

–Aquí... acaba de amanecer.

–Deberías tener el teléfono encendido.

–Lo tenía encendido, pero no lo he oído. ¿Qué tal está mi padre?

–Ha tenido un infarto y está grave. Está descansando y está consciente, pero no hace falta que te diga que, al ser el segundo, estamos preocupados –contestó Jon.

A continuación, se puso en plan médico a hablar con vocabulario propio de la jerga médica y Ally pensó que, a lo mejor, era cierto que era imbécil y que no comprendía el trabajo de su prometido.

–Tu padre creía que ibas a llamar, esperaba que lo llamaras –concluyó Jon.

–Yo nunca le dije...

–Ya lo sé, pero la verdad es que yo también esperaba que lo hicieras.

–Sí... es que... me he distraído. Lo siento –contestó Ally sintiéndose culpable de nuevo y no atreviéndose a decir que ellos también tenían teléfonos y que podían haberla llamado si hubieran querido.

–Da igual. Estamos evaluando el daño. Las primeras veinticuatro horas son críticas. Médicamente hablando, no hay pruebas, pero yo creo que mejoraría si estuvieras aquí.

–Por supuesto. Salgo para allá inmediatamente. Mi avión sale a la una.

–Eso quiere decir que no vas a estar aquí hasta, por lo menos, las ocho. No sé dónde estaré a esa hora. Vente en taxi desde el aeropuerto.

–Muy bien –contestó Ally, que ya había asumido

que Jon no tendría tiempo de irla a buscar–. Ya sé que es imposible que hable con él, pero dile que le quiero y que voy para allá –se despidió.

–Muy bien.

–Lo siento, Jon –concluyó Ally–. Nos vemos esta noche –añadió–. Te...

Terminar sus conversaciones con un «te quiero» se había convertido en algo automático, pero Ally sintió que era incapaz de pronunciar las palabras. Jon se quedó esperando.

–Te tengo que dejar, tengo que ir a ver a tu padre. Luego nos vemos –se despidió Jon.

A continuación, colgó el teléfono y Ally se quedó allí, de pie, sin moverse, sintiendo que la respiración apenas le llegaba a los pulmones.

De repente, sintió las manos de PJ en la espalda, masajeando sus tensos músculos, sintió su aliento en el cuello, sintió un beso de comprensión y de apoyo en la nuca. Estaba tan cerca que sentía el calor que irradiaba su cuerpo y se moría por apoyarse en él para que hiciera desaparecer su dolor, pero aquel dolor se lo había causado ella solita y, en breve, le causaría más dolor a su padre, en cuanto le dijera lo que tenía que decirle.

–Vamos, hay que meter el equipaje en el coche –le dijo PJ.


Toda la familia de PJ se solidarizó con ella, la abrazó y la consoló. Ally intentó mostrarse educada, darles las gracias por su preocupación, pero sin llorar, manteniendo el control de una Maruyama.

Pero no lo consiguió. No era una buena Maruyama. Sobre todo, cuando Yiayia la abrazó con
fuerza. Entonces, Ally no pudo evitar que el labio
inferior le temblara y que las lágrimas le resbalaran
por las mejillas.

–Lo siento –se disculpó–. Lo siento.

–No hay nada que sentir. Llorar es bueno –contestó la abuela de PJ acariciándole la espalda–. Lo
quieres.

–Sí, lo quiero –contestó Ally–, pero... –titubeó
decidiendo que no era el momento de dar explicaciones–. Gracias, gracias por todo –se despidió.

Yiayia asintió y sonrió.

–Todo va a salir bien –le aseguró–. Cuando pue-
das, tráete a tu padre, ¿de acuerdo?

Aquella idea puso un rayo de esperanza en Ally.

–Eso espero –contestó intentando sonreír.


Ally hizo todo el trayecto hasta el aeropuerto en
silencio. A PJ le hubiera gustado poder consolarla,
pero respetó su momento y se limitó a conducir y a
oírla suspirar y llorar.

De hecho, no habló hasta que llegaron al aeropuerto y vio que PJ metía el coche en el aparcamiento.

–¿Qué haces? Tardaríamos mucho menos si me
dejaras directamente en la puerta de la terminal.

–Tenemos tiempo –contestó PJ aparcando y apa-
gando el motor–. Vamos –añadió abriendo la puerta
y saliendo.

Ally también salió del coche y se quedó estupefacta al ver que PJ abría el maletero y sacaba dos maletas.

–¿Y ésa? –le preguntó señalando la que no era suya.

–Mía. Voy contigo –contestó PJ.

Ally se quedó mirándolo fijamente y sacudió la cabeza con incredulidad.

–¡No! Imposible... quiero decir... no hace falta que vengas.

–Pero quiero ir y voy a ir.

–¡Pero estamos hablando de Hawái! ¡Son muchas horas de viaje!

–Once –contestó PJ tomando las maletas y comenzando a andar–. ¿Y qué?

–¡De verdad, PJ, no es necesario! –insistió Ally siguiéndolo.

–Sí, sí es necesario. He comprado un billete, así que me voy contigo –contestó PJ.


Antes de embarcar, Ally volvió a llamar al hospital y la enfermera de turno le dijo que el paciente por el que preguntaba se encontraba estabilizado. Una vez en el avión, se sentó, le agarró la mano a PJ y se la apretó con fuerza, con tanta fuerza que casi le hizo daño, pero a PJ le dio igual porque estaba dispuesto a hacer lo que fuera por ella.

Al haber pasado dos noches casi en blanco, Ally se durmió al cabo de unas horas. PJ, sin embargo, prefirió no dormir, prefirió estar pendiente de ella y cuidarla, así que la envolvió en una manta y se quedó mirándola.

Ally se despertó al cabo de un rato y se encontró con que la estaba mirando.

–No me puedo creer que estés haciendo esto.

–Pues créetelo.

–Tienes tu vida.

–Sí, y también tengo una esposa.

Ally sonrió casi con tristeza, volvió a cerrar los ojos y se durmió.

Si hubiera necesitado que PJ le demostrara en la práctica lo que quería decir la frase «guardar las espaldas de alguien», Ally lo habría entendido perfectamente aquel día porque PJ no la había dejado sola ni un momento.

PJ se había encargado de hacer el equipaje, de comprar los billetes, de llevarla al aeropuerto y de agarrarla de la mano durante todo el viaje, le había puesto el hombro para que durmiera y había alquilado un coche al llegar mientras ella intentaba llamar a Jon en vano y, a continuación, la había llevado hasta el hospital.

Al haber vivido en Honolulú, conocía el camino. Menos mal. Ally lo amó por ello. Lo cierto era que lo amaba y punto.

–Déjame en la puerta principal –le indicó al ver que PJ iba hacia el aparcamiento–. Así, tardaré menos.

–Muy bien, nos vemos dentro, espérame...

–No, prefiero ir sola –contestó Ally.

–No, la última vez fuiste sola. Cuando nos casamos, fuiste a verlo tú sola y esta vez no pienso permitir que lo hagas.

–Tiene que ser así. No puedes venir conmigo.

—¿Por qué?

Ally desvió la mirada, incapaz de soportar el dolor que vio en los ojos de PJ.

—No es porque yo no quiera tenerte a mi lado, pero... mi padre no sabe que estamos juntos. Él cree que Jon y yo... —le explicó.

PJ apretó los dientes.

—No le quieres dar un disgusto por si se muere.

—Efectivamente —murmuró Ally—. No me puedo arriesgar, no se lo puedo decir ahora. Necesito tiempo. Seguro que lo entiende y, dentro de poco, te querrá conocer...

Pero ambos sabían que aquello no era cierto. La última persona en el mundo a la que su padre querría ver sería a PJ, el hombre gracias al cual había perdido a su hija hacía años, el hombre que volvía a arrebatársela ahora al interponerse entre Jon y ella.

—Ya hablaremos luego. Te lo prometo. No tardaré —le dijo Ally—. No me van a dejar estar mucho tiempo con él, así que luego nos vemos. Necesito media hora para hablar con Jon. Por favor.

PJ apretó el volante con fuerza y Ally le puso la mano en el brazo.

—No quiero que mi padre se muera por mi culpa, PJ.

—Ya lo sé —suspiró PJ parando ante la puerta del hospital—. Ve.

Ally se bajó del coche.

—No hace falta que te quedes en el coche. Me puedes esperar en el vestíbulo.

—Muy bien, voy a aparcar.

—Gracias, PJ —le dijo Ally besándolo—. Eres el

mejor –añadió girándose y corriendo hacia el interior del edificio.


Eso mismo le había dicho el día que se habían casado.

Al salir a la calle, Ally lo había agarrado del brazo y lo había mirado a los ojos con una gran sonrisa.

–Gracias, PJ. Eres el mejor –le había dicho.

Tal vez, no lo recordara, pero él nunca lo había olvidado.

Tras aparcar el coche, sopesó sus opciones y decidió que no había ido hasta allí para echarse atrás en el último momento, Ally era su mujer y la quería. Por supuesto, no iba interferir, no quería causar problemas o disgustar a su padre, pero Ally lo necesitaba y quería estar a su lado.

Así que entró en el hospital y buscó la planta de cardiología. Al llegar allí, le preguntó a una enfermera por la habitación del señor Maruyama.

–Es la número cuatro –le dijo la mujer–, pero no puede entrar. Sólo familia.

PJ podría haberle dicho que él era familia, pero no quiso discutir. Además, desde donde estaba, veía a Ally porque la habitación era una pecera y las cortinas estaban descorridas.

Ally estaba de pie junto a la cama, agarrándole la mano a su padre y acariciándole el pelo. Parecía más tranquila ahora que estaba a su lado. En aquel momento, un médico se chocó contra PJ, le pidió perdón sin apenas levantar la mirada de una carpeta que llevaba y entró directamente en la habitación del padre de Ally.

PJ se quedó mirando. El médico tomó a Ally con fuerza entre sus brazos y el padre de Ally sonrió al verlo.

Jon.

PJ siguió mirando.

No oía la conversación, pero tampoco le hacía falta. Vio que Jon se hacía cargo de la situación rápidamente, vio que el padre de Ally estaba encantado de ver a su hija con aquel doctor.

El señor Maruyama tomó la mano de su hija a pesar de que estaba muy débil y la de Jon y las entrelazó.

–Final feliz –sonrió la enfermera que estaba junto a PJ en el mostrador.

PJ no contestó.

Quería entrar en la habitación y apartar aquellas manos, quería borrarle la sonrisa a Jon del rostro, quería gritar que aquella mujer era suya y que la quería, pero, precisamente porque la quería, no lo hizo.

El amor, el amor de verdad, el amor profundo e incondicional lo paró, el amor de verdad, el amor maduro no era hacer lo que uno quería, sino lo que era mejor para el otro, amar a Ally no significaba tenerla a su lado, ni siquiera protegerla, se trataba de darle lo mejor, lo mejor de verdad.

PJ no estaba dispuesto a acabar con los sueños y las esperanzas del señor Maruyama por hacer su sueño realidad. Conocía a Ally lo suficiente como para saber que la culpa la destrozaría y que destrozaría también su amor.

PJ sintió un nudo en la garganta. Le costaba tragar.

–¿Está usted bien? –le preguntó la enfermera–. ¿Quiere sentarse? No creo que el doctor Tanaka o la hija del señor Maruyama tarden en salir. Si quiere, les digo que está esperando.

–No –contestó PJ–. Me tengo que ir.

Pero todavía no se movió, se quedó mirando, intentando memorizar, guardar a Ally para siempre en su corazón. Entonces, Ally levantó la mirada y lo vio, abrió mucho los ojos y se tensó.

PJ lo comprendió. Tenía en su mano entrar en aquella habitación y destrozar todo lo que quería.

Se quedó mirándola, fijándose en su boca, en su piel, en su pelo y en sus ojos, cerró los ojos un momento, imprimió aquella imagen en su alma, los volvió a abrir y sonrió con tristeza.

Ahora lo entendía todo, entendía la sonrisa que Ally le había dedicado en el avión.

Se giró y se fue.

# Capítulo 11

ALLY era consciente de que había tardado más de media hora y también sabía, por cómo la había mirado desde el pasillo, que PJ no estaba contento, pero esperaba que hubiera comprendido que no se había podido ir tan rápidamente como le hubiera gustado.

Mientras salía de la habitación de su padre, se dijo que por supuesto que PJ lo había comprendido. Por eso, precisamente, no había entrado. Cuando Ally había salido a buscarlo al cabo de un rato, no lo había encontrado ni en la sala de espera de cardiología ni en el vestíbulo general, había mirado también en la tienda por si había bajado a comprarse una revista o algo, pero la tienda estaba cerrada y la cafetería, vacía.

Ally había supuesto entonces que habría ido a dar un paseo. No era de extrañar. Le habría encantado poder hacerlo pasar, pero la situación de su padre era muy delicada, cualquier disgusto podría empeorar su salud.

No le había hecho falta que la enfermera le dijera lo dedicado que estaba y también le había sobrado la charla de diez minutos que Jon le había dado en el pasillo. Entendía que lo había hecho porque estaba realmente preocupado por su padre, pero lo único que había conseguido había sido que Ally se sintiera cada vez más culpable.

Sabía que tenía que hablar con él y contarle lo que había ocurrido, pero no era el momento. Mientras lo escuchaba, se preguntaba cómo lo iba a hacer, como se lo iba a contar también a su padre y no había parado de preguntarse dónde estaría PJ.

Y, ahora, al salir del edificio, se dio cuenta de que no tenía ni idea de dónde había aparcado el coche. Desesperada, comenzó a mirar a su alrededor, pero se dijo que debía tranquilizarse, que lo más probable era que PJ hubiera ido a comer algo.

Más relajada, volvió a entrar en el hospital y decidió ir a sentarse con su padre un rato más. PJ sabía dónde estaba. No sabía cuánto tiempo llevaba allí cuando se fijó en una maleta que había detrás de la puerta. Le llamó la atención porque era exactamente igual que la suya.

Ally le soltó la mano a su padre y se acercó. Al instante, el corazón le dio un vuelco. Era su maleta.

Ally salió corriendo de la habitación y se encaminó al mostrador de enfermería.

—¿Y esa maleta que hay en la habitación de mi padre de dónde ha salido? —le preguntó a la enfermera que estaba de guardia.

—La dejó el caballero —contestó otra enfermera que pasaba por allí—. Usted estaba dentro con su padre y...

—¿Cuándo ha sido eso?

—Hace un par de horas.

—¿Y dónde está ese hombre? ¿Adónde ha ido? —le

preguntó Ally con el corazón latiéndole aceleradamente.

–Ni idea –contestó una de las enfermeras–. No tenía buen aspecto. Le pregunté si se encontraba bien y si quería sentarse, pero me dijo que se tenía que ir.

–¿Adónde?

Las dos enfermeras se encogieron de hombros.

–Salió, volvió con su maleta y se volvió a ir.

¿Así de simple? Ally sintió que el aire no le llegaba a los pulmones.

–¿Se encuentra usted bien? –le preguntó una de las enfermeras.

Ally se mojó los labios.

–Sí... sí, sí... me voy a sentar un rato –contestó volviendo a la habitación de su padre.

Al oír ruido, su padre abrió los ojos e intentó sonreír.

–Mi niña –le dijo.

Ally se apresuró a tomarle la mano entre las suyas. Su padre la necesitaba, pero no podía dejar de pensar en que PJ se había ido.


Ally se repitió una y otra vez durante los siguientes días que lo que había sucedido era muy sencillo.

PJ no la quería.

Nunca le había dicho que la quisiera, se había acostado con ella y se había negado a firmar los papeles del divorcio, pero nunca había dicho que la quisiera.

Exactamente igual que la primera vez.

En aquella ocasión, aunque le había hecho el amor con delicadeza de pasión, a Ally no le había costado nada convencerse de que no la quería. Tampoco le había costado convencerse de ello cuando se habían visto hacía cinco años en el desfile.

Sin embargo, ahora, intentaba convencerse de lo mismo, pero no podía.

PJ Antonides la quería.

Era evidente que se había distanciado, precisamente, porque la quería. ¿Por qué la habría llevado hasta Hawái si no fuera así? Podría haberla llevado al aeropuerto, haberse lavado las manos y haber vuelto a su vida. ¿Por qué la habría llevado a casa de sus padres? Muy fácil, para que se diera cuenta de lo que se estaba perdiendo, la había llevado para compartir a su familia con ella.

¿Y por qué iba a hacer todo aquello si no la quisiera? No era PJ el que no la quería, sino ella misma. La Ally de antes, la asustada, la que había perdido a su madre siendo una niña y cuyo padre le había dicho que el amor era obedecer.

Pero la Ally nueva sabía que no era así, la Ally de ahora estaba comenzando a entender lo que realmente era el amor. Lo había visto, lo había sentido, lo había tenido entre sus brazos.

El amor era la fe que PJ había tenido en ella, era la confianza que había depositado en ella, era su interés, su generosidad y su apoyo. PJ siempre había creído en ella, siempre había estado allí, pero nunca había interferido.

Ally no sabía qué iba a suceder cuando le dijera a su padre lo que había pasado. Por supuesto, podía seguir adelante con lo que tenía planeado, podía divorciarse, casarse con Jon, tener un hijo, ser madre y hacer feliz a su padre. Por supuesto, podía hacerlo... sin PJ.

PJ la quería tanto que le haría aquel regalo.

Pero, si lo hacía, lo haría sin la otra mitad de su alma.

La nobleza y el sacrificio eran virtudes maravillosas y muy recomendables, pero, a veces, no eran suficientes.

PJ estaba pintando el embarcadero de su casa y sentía el sol en la espalda, quemándolo, sabía que tendría que ponerse crema protectora o una camisa, pero el dolor de la quemadura, tal vez, lo ayudara a olvidarse de Ally.

No debía seguir pensando en ella. De hecho, en cuanto había vuelto a Nueva York, había firmado los papeles del divorcio y se los había mandado por correo.

Por supuesto que la amaba y, quizás, podría haberla convencido de que siguiera casada con él, pero ¿a qué precio? ¿Matando a su padre? No, no estaba dispuesto a llevarse por delante a nadie para hacer realidad sus sueños.

Al volver, les había dicho a sus hermanos que dejaba la empresa durante un tiempo, que necesitaba tiempo para estar solo. Elias y Lukas no se lo habían tomado bien.

—¿Cuánto tiempo vas a estar fuera? —le había preguntado Lukas.

–No lo sé –había contestado PJ sinceramente.

–El presidente de una empresa no se va así, sin más –había añadido Elias.

–¿Ah, no? Mira quién fue a hablar –le había dicho PJ guiñándole el ojo–. No os preocupéis, chicos, todo irá bien sin mí. Voy a volver, os lo aseguro. Simplemente, necesito un poco de tiempo.

Sí, necesitaba tiempo para asimilar que no se arrepentía de nada de lo que había sucedido, que seguía queriendo a Ally y que no sabía qué demonios hacer con aquellos sentimientos.


Jon se mostró filosófico cuando Ally le contó lo que había sucedido.

–Ya sabía yo cuando te fuiste a Nueva York que iba a suceder algo así.

–Pues yo no lo sabía entonces –protestó Ally.

–Yo creo que sí –sonrió Jon con tristeza–. Espero que no te arrepientas. Te deseo lo mejor –le dijo.

–Yo también a ti –contestó Ally sinceramente mirándolo desde el otro lado de la mesa de la cafetería–. Supongo que continuarás siendo un buen amigo de mi padre.

–Por supuesto. Soy un buen médico.

–Y un buen amigo –insistió Ally–. Estoy segura de que encontrarás a la mujer adecuada para ti.

–Eso espero –sonrió Jon educadamente.

Ally no tenía tantas esperanzas consigo misma porque era consciente de que para ella sólo había una persona: PJ.

Por eso, cuando llegó a casa aquella noche y se

encontró el sobre con los papeles del divorcio firmados, se sintió morir.

Se dijo que aquello era parte del regalo de amor que PJ le hacía y, quizás, fuera cierto, pero también era la señal de que había seguido adelante con su vida.

Ally sabía que tenía que volver a Nueva York cuanto antes. Su padre estaba mejor, así que no había motivo para no contarle sus planes.

Lo encontró haciendo un crucigrama. El día anterior le había preguntado a Jon si corría riesgo de morir si le contaba que ya no se iban a casar.

—Espero que no —había contestado él.

No se había ofrecido a decírselo él y Ally lo entendía perfectamente. Había sido ella quien había decidido suspender la boda y, por tanto, a ella le tocaba darle la noticia.

A medida que había ido mejorando, su padre se había ido dando cuenta de que sucedía algo.

—Estás pálida —le había dicho el día anterior—. Y muy callada. No te veo bien. Dile a Jon que te dé algo.

—Jon no puede hacer nada —había contestado Ally.

—No te veo mejor —comentó al verla entrar en su habitación hoy—. ¿Qué te pasa, Alice? ¿Te has peleado con Jon?

—No —contestó Ally sinceramente—. Lo que pasa es que no nos vamos a casar, papá.

Su padre se quedó muy quieto.

«Parece que sigue respirando», pensó Ally.

—No queremos... en realidad, yo no creo que sea una buena idea —le explicó Ally—. No... no estoy enamorada de él. No hay amor entre nosotros.

–Amor... –suspiró su padre–. Sí, para casarse tiene que haber amor –añadió hablando con claridad.

Ally se quedó mirándolo fijamente.

–Sí, lo sé por experiencia propia... por tu madre.

Ally se quedó estupefacta. Hiroshi Maruyama jamás hablaba de su esposa.

–Yo quería mucho a tu madre –añadió lentamente–. A veces, el amor hace daño. Cuando ella murió, yo morí con ella. Me morí por dentro. No quería vivir sin ella. Sufrí mucho –recordó mientras los ojos se le llenaban de lágrimas–. No quería que tú tuvieras que pasar por lo mismo, Alice.

Ally se acercó a él y lo tomó de la mano. Su padre se la apretó con fuerza.

–Por eso te dije que te casaras con Ken –le explicó su padre–. Me pareció lo mejor. No había amor entre vosotros. Así, si pasaba algo, no sufrirías... como yo... reconozco que fue una estupidez por mi parte...

–No, papá. Lo hiciste porque... me querías.

Ally comenzó a comprender el comportamiento de su padre aunque, por supuesto, no lo excusaba.

–Ahora comprendo que me equivoqué. No hay vacuna contra el amor. Yo viví con tu madre durante trece años y fueron los mejores trece años de mi vida. Fue muy poco tiempo, pero mereció la pena. La quería mucho... la quería por cómo era y por el regalo tan maravilloso que me hizo...: tú.

Ally sintió que agarrarlo de la mano no era suficiente, así que se arrodilló ante él y apoyó la cabeza en su pecho. Al instante, sintió que su padre la abrazaba y la besaba en la cabeza.

Ally lo miró y comprobó que su padre también estaba llorando mientras le acariciaba el pelo.

—Tú también sabes lo que es el amor –afirmó.

—Sí –contestó Ally.

—Tienes que ir a buscarlo. Quiero conocerlo.

—Es el hombre con el que me casé, papá –le explicó Ally.

—Perfecto. Así, me daréis un nieto pronto.


—¿Cómo que no está? –exclamó Ally mirando a Rosie y sintiendo como si le hubieran dado un puñetazo en la boca del estómago.

Había llegado a Nueva York la noche anterior con la bendición de su padre y había ido directamente a casa de PJ porque no tenía ningún número de teléfono en el que localizarlo. Además, lo quería ver en persona.

Pero no lo había encontrado en su casa. Había esperado hasta la noche en una cafetería cercana, había vuelto varias veces, pero nada.

Y ahora resultaba que tampoco estaba en su despacho.

—¿Cuándo va a volver? –le preguntó a su secretaria.

—No tengo ni idea –contestó Rosie.

—Necesito hablar con él. ¿Dónde está?

—Tampoco lo sé –contestó la mujer–. A lo mejor, lo saben sus hermanos –añadió señalando la puerta del despacho de PJ.

Ally se apresuró a abrir la puerta. En el despacho de PJ, encontró a Lukas, que estaba trabajando en el ordenador. Elias estaba sentado en el suelo con sus gemelos, dictándole a su hermano.

Todos la miraron sorprendidos.

—Ya iba siendo hora —comentó Elias—. Todo esto es culpa tuya.

—¿Mía? —se sorprendió Ally—. ¿Dónde está PJ?

—Se ha ido, se ha largado, ha desaparecido.

—¿Cómo? Tengo que hablar con él —contestó Ally desesperada.

—¿De qué? —le preguntaron los hermanos al unísono.

Ally decidió que debía decir la verdad.

—Lo quiero y necesito decírselo.

—Aleluya —murmuró Lukas.

—¿Sabéis dónde está?

—No estoy seguro —contestó Elias poniéndose en pie y escribiendo algo en un papel—. Mira a ver aquí —le indicó volviendo con sus hijos—. Tranquilos, niños. Tallie está ocupada hoy porque se casa una prima —le explicó a Ally—, así que me he tenido que traer a los niños porque había quedado con Lukas para ayudarlo.

—Ally, por favor, date prisa. Encuentra a PJ y dile que vuelva, yo no quiero ser presidente de Antonides Marine —imploró Lukas desde detrás de la mesa.


¿Kauai?

Ally había mirado lo que Elias le había escrito en cuanto había salido al pasillo. ¿Una dirección en Kauai? ¡Pero si acababa de llegar de Hawái! Además, PJ nunca había hablado de aquel lugar. No tenía sentido, pero era lo único que tenía para empezar, así que allí se fue.

Si encontraba a PJ y él le decía que no quería nada con ella, siempre le quedaría el consuelo de la cantidad de puntos aéreos que estaba acumulando.

Ally se sentía como si llevara una eternidad viajando. Ya no sabía ni el día en el que vivía. Había volado desde Honolulú a Nueva York y había vuelto vía San Francisco y, luego, de Honolulú a Kauai, pero todos sus esfuerzos parecían haber sido en vano, porque resultaba que ahora el tipo que la estaba atendiendo en el establecimiento de alquiler de coches no sabía dónde estaba la dirección que Elias le había dado.

—Está en el quinto pino —le dijo tras consultar el GPS.

Y resultó ser cierto porque hacía rato que había dejado el camino asfaltado. Ahora, iba por un camino de tierra. Se sentía como si estuviera yendo hacia la nada, atravesando la selva y las montañas, hacía mucho calor y estaba sudando. Llevaba varios días sin dormir y le dolían la espalda y el cuello.

Ya se estaba empezando a preguntar si no se habría pasado alguna salida cuando, de repente, apareció ante ella, una preciosa casa de estilo indonesio rodeada de palmeras y al lado de la playa.

Ally se acercó todo lo que pudo. Cuando paró el motor, oyó el canto de los pájaros, el movimiento de las hojas de las palmeras y las olas, y sintió que el corazón comenzaba a latirle aceleradamente.

Con movimientos rápidos, sacó su bolsa de viaje del coche, se dirigió al porche y llamó a la puerta.

No obtuvo contestación. Las ventanas estaban abiertas y supuso que la puerta también lo estaría. ¿Quién iba a entrar a robar en un lugar así?

–¿Hay alguien en casa? –gritó.

No obtuvo respuesta.

No estaba dispuesta a irse, así que abrió la puerta. Tras dudar unos instantes, entró y se encontró en el interior de una casa preciosa, de suelos de teca, ventanales de techo a suelo, una casa abierta a la Naturaleza.

Y, de repente, vio algo sobre la chimenea que le llamó la atención... se acercó... sí, era lo que creía... lo reconoció aunque llevaba años sin verlo.

Sí, era aquel cuadro que había hecho el primer año en California, sola y nostálgica, el cuadro en el que se veía la playa en la que había conocido a PJ, el mar, las casas y las tiendas. Se trataba del cuadro de una aficionada, pero en él habían quedado capturados sus recuerdos, cosas que eran importantes para ella y para nadie más.

Pero alguien lo había comprado. Aunque le había puesto un precio muy alto, un día se vendió.

Y ahora resultaba que estaba allí. Ally alargó el brazo, lo acarició y sonrió. Evidentemente, estaba en casa de PJ.

No se trataba de una casa nueva, pero estaba reformada. De hecho, olía a barniz. Y el hombre que la había reformado estaba llegando de la playa. Llegaba con el torso al descubierto y muy bronceado, con una tabla de surf debajo del brazo.

Estaba guapísimo, pero no parecía feliz.

Ally se preguntó si verla le pondría de mejor humor o si sería demasiado tarde. Sólo había una manera de averiguarlo, así que tomó aire y abrió la puerta, que chirrió. Al oír el ruido, PJ levantó la mirada y se paró en seco.

Se quedó mirándola sin moverse y tragó saliva.

–¿Al? –dijo con voz grave.

Ally sonrió y fue hacia él.

–Suenas peor que la puerta.

–Es que... no tengo con quién hablar.

–¿Quieres hablar conmigo? –le preguntó Ally caminando hacia él.

–¿De qué?

–De volver a Nueva York –contestó Ally sonriendo–. Lukas quiere que vuelvas.

–No voy a volver por Lukas.

–¿Y por mí?

PJ avanzó hacia ella, subió los tres escalones que los separaban y la abrazó con fuerza como si no quisiera separarse de ella jamás.

Ally se dio cuenta de que estaba temblando.

–¿Qué ha ocurrido con tu padre...? –le preguntó PJ.

–Que quiere conocerte.

PJ se quedó mirándola con la boca abierta.

–Le he dicho que te quiero –contestó Ally muy sonriente.

–¿Y no le ha dado otro ataque al corazón?

–No, está bien, pero quiere que le demos un nieto cuanto antes.

PJ se rió y volvió a abrazarla con fuerza. Ally apenas podía respirar, pero no le importaba. Se sentía de maravilla. Por fin, estaba con el hombre de su vida.

–¿Cómo me has encontrado? –le preguntó PJ conduciéndola hacia el interior de la casa.

–Fui a Nueva York y me pasé por tu casa, pero no estabas, así que fui a tu despacho y estuve con Lukas y con Elias. No te voy a engañar. He llegado a pensar que tu hermano me había mandado lejos para deshacerse de mí porque, realmente, esto está muy lejos de la civilización. ¿Es tuya la casa?

–Sí, la compré hace cinco años.

–Pero no estabas en Nueva York hace cinco años –se extrañó Ally.

–No, pero estaba harto de Honolulú. No había nada allí que me interesara –contestó PJ de manera inequívoca.

–¿Lo dices por lo que sucedió aquella noche en la galería?

–Aquello, desde luego, no me ayudó.

–Lo siento, me comporté mal... no estaba segura de mí misma... supongo que porque fuiste con Annie...

–Éramos sólo amigos, te lo aseguro.

–Te creo. El problema no eras tú... sino yo... pero ya no es así.

PJ volvió a abrazarla y le acarició el pelo. A continuación, la tumbó en el sofá y la besó y Ally lo besó también. Quería mucho más que besos, pero primero tenía que darle explicaciones.

–Yo no sabía lo que era el amor –le dijo mirándolo a los ojos.

–Yo, tampoco –contestó PJ–. Bueno, creo que sí que lo sabía, pero estaba muy asustado –recapacitó–. Aquella primera noche...

– ¿Te refieres a nuestra noche de bodas?

–Sí. No esperaba que aparecieras en mi casa. Aquello me dejó estupefacto. No estaba preparado.

–Fue maravilloso –le aseguró Ally acariciándole las manos.

–Sí, pero estaba aterrorizado, quería que todo saliera bien, que tú te encontraras a gusto.

–Me encontré muy a gusto –le aseguró Ally sinceramente.

–Me alegro... pero no me refería solamente a hacer el amor sino... quería construir una vida contigo.

–¿Pensaste en eso?

–Sí, pero no me atreví a decírtelo –confesó PJ–. Tú tenías cosas que hacer, habría sido como sacarte de una trampa y meterte en otra.

Ally se rió y se apartó el pelo de la cara.

–Oh, PJ... si tú supieras... yo también quería quedarme contigo e iniciar una relación, pero no me atreví a pedírtelo. Ya me habías dado mucho.

Dicho aquello, se quedaron mirando a los ojos.

–Yo creo que hicimos bien en separarnos entonces. Seguramente, las cosas no habrían salido bien –recapacitó PJ.

Ally se mordió el labio inferior y asintió.

–Tienes razón. ¿Y cuando nos vimos hace cinco años?

–Creo que entonces podría habértelo dicho, pero no tenía nada que ofrecerte –contestó pasándose los dedos por el pelo.

–Ya me habías dado todo lo que tenías que darme, todo lo que yo quería –contestó Ally tomándole el rostro entre las manos y besándolo mientras pensaba en lo mucho que lo amaba–. Te quiero –murmuró–. Te quiero mucho. Te he querido siempre, pero no sabía cómo decírtelo. No confiaba en mi amor.

–¿Ahora sí? –le preguntó PJ.

–Sí –contestó Ally sonriendo.

–¿Te importaría decírmelo?

Y Ally se lo dijo una y otra vez, le pasó los brazos por el cuello y lo abrazó con fuerza mientras PJ la llevaba a su dormitorio.

–Te quiero, PJ Antonides, y te lo voy a repetir todos los días de mi vida.

–Me parece bien –contestó PJ–. También me lo puedes demostrar siempre que quieras –bromeó.


Mientras estuvieron en Kauai, Ally le demostró todos los días lo mucho que lo quería y también se lo siguió demostrando en Honolulú, donde estuvieron una semana para ver a su padre.

Lejos de haberse muerto al enterarse de que su hija estaba enamorada de él, Hiroshi Maruyama parecía más vivo que nunca e hizo todo lo que pudo para que PJ se sintiera a gusto, pero no dudó en decirle abiertamente que estaba deseando tener un nieto.

–Yo también estoy deseando ser padre –le aseguró PJ–. En cuanto Ally quiera.

–Estamos en ello –contestó Ally muy sonriente.

Estaba encantada de que PJ y su padre se llevaran bien, pero también se alegró cuando PJ anunció que quería volver a Nueva York.

–No quiero dejar a Lukas solo para siempre.

–Yo también quiero volver a casa –contestó Ally.

PJ la miró con las cejas enarcadas.

–Casa –repitió sonriente–. Me gusta la idea de que vuelvas a casa conmigo.

–Me gusta todo lo que es tuyo y quiero volver a ver ese mural –contestó Ally.

Así que ahora estaban en casa de PJ en Park Slope, su casa, y Ally estaba inspeccionando el mural minuciosamente.

–No estoy –afirmó.

Lo había estudiado una y otra vez y no había encontrado a nadie que se le pareciera. Lo más extraño era que tampoco había visto a PJ.

–No estamos ninguno de los dos –protestó.

PJ se colocó a su lado y la abrazó.

–No estás mirando en el lugar apropiado.

–He mirado en todas partes, en la playa, en el agua, en el local de Benny –suspiró Ally.

–Ya nos encontrarás. Tienes toda la vida.

Ally sonrió y se apretó contra él. Le encantaba sentir sus brazos, se giró y lo besó, pero no se olvidó del mural. Tenía localizada la universidad, la tienda de surf donde trabajaba PJ e incluso el lugar en el que había comenzado a coser velas de windsurf y el apartamento de la señora Chang en el que vivía.

–Ajá –exclamó Ally–. ¿Estamos ahí dentro?

PJ le mordió el lóbulo de la oreja y se rió.

–Si no tienes rayos equis, nunca lo sabrás –bromeó.

Ally sintió que PJ deslizaba las manos bajo su camisa y que le tomaba los pechos, sintió el cuerpo de PJ y, cuando estaba a punto de rendirse y de decirle que se fueran a la habitación, lo vio.

Se vio a sí misma y a PJ besándose en los escalones del juzgado. Se quedó mirando anonadada y se estremeció porque aquel recuerdo era muy importante para ella, y el hecho de que PJ lo hubiera elegido...

–¿Así es como nos recuerdas? ¿No en la playa ni en el local de Benny? ¿Nos recuerdas besándonos a la salida del juzgado?

–Sí, ¿qué tiene de malo el juzgado?

–Nada, pero es que... no me puedo creer que ése fuera tu recuerdo de nosotros –contestó Ally.

Era como un regalo... el regalo más grande... su amor.

–No es lo único que recuerdo, pero es lo que más recuerdo –confesó PJ besándola de nuevo, tomándola en brazos y conduciéndola al dormitorio–. Fue el principio de lo que quiero recordar para siempre, Al –le dijo mientras se dejaba caer en la cama a su lado, la abrazaba y la besaba con urgencia–. Fue el momento en el que empecé a creer en el amor.

# Bianca™

**La atracción que siempre habían sentido el uno por el otro era más poderosa que el sentido del honor**

El restaurante de Lara estaba en crisis. Sólo un hombre podía ayudarla, su alto y atractivo hermanastro, Wolfe Alexander. Como condición para ayudarla económicamente y con el fin de lograr sus propios objetivos, le impuso que se convirtiera en su esposa.

Sin otra alternativa más que aceptar los términos de Wolfe, Lara pronto se vio inmersa en el mundo de la alta sociedad y en el de la pasión. Pero había un vacío en su vida que sólo podía llenar… el amor de su marido.

## ¿Amor o dinero?

### Helen Bianchin

# Acepte 2 de nuestras mejores novelas de amor GRATIS

## ¡Y reciba un regalo sorpresa!

# Deseo™

# El secreto del magnate

Kasey Michaels

Para su sorpresa, la decoradora de interiores Paige Halliday recibió un regalo de un misterioso benefactor. Aunque fue Sam Balfour, el atractivo desconocido que le hizo entrega del mismo, el que la dejó sin palabras.

Paige nunca se había sentido tan atraída por un hombre, y mucho menos por uno que se negase a revelarle la verdad. Ya había conocido a algunos playboys como él y, aunque tenía claro que no se iba a dejar manipular, podía dejar que Sam la mimase... un poco. Al fin y al cabo, pensaba ser capaz de disfrutar de él sin encariñarse demasiado. Pero el destino parecía tener otros planes para ambos.

**Aquellas fiestas les reservaban una gran sorpresa**